へそまがりの正論《ぼやき》

森口博

日本の城は世界一美しい
武士たちの汚吏を映している

はじめに

新聞や週刊誌は時代に取り残されたようだ。新聞はただ嵩張るだけのものになった。週刊誌はだらしない記事をやめようとしない。まもなく誰も読まなくなるだろう。インターネットの情報は内容と表現が幼稚すぎる。文章力もなく精査するつもりもない連中が気ままに発信するのだから将来もこのまま変わらないだろう。

そうするとテレビだけが毎日の情報源となるのだが、映像や音声の流れ、コマ繋ぎがやたらと早くなったせいで、アナウンサーやキャスター、コメンテーターたちが正しい言葉の使い方をしない。言葉を知らないメディア人が増えていくのだろうか。ニュースのうら側にＢＧＭを流して視聴者を抱き込もうとする姿勢も目立ってきた。

かつてのメディアは国語教育の良き手本であった。今のテレビが国語の教科書であれというのではない。流し方をもう少しスローに戻し、日本語の使い方を意識した穏やかな画面であってほしい。ドラマ作家やシナリオライターたちが時間短縮のために使う言葉もお粗末である。わめくだけのテレビコマーシャルはこの世のものとは思えない。

ここに正しいことを書こうという気持はない。中学のとき国語が落第点だった私が、あるきっかけから編集業を50年続け、75歳になったぼやきである。ぼやき文を醸していくとその奥に真理が見えてくると思うのだが、感性と筆力が伴わないので確信は示せない。テレビが失言をしてくれると大変うれしい。ぼやくチャンスが生まれる。

かつて自分史が何回かブームになったことがある。出版社、新聞社、印刷会社などが出版を誘ったが、売れない本を書店は並べないし、自分以外の誰も読まなかったのでいつの間にか死語になった。もっと前には随想とかエッセイが流行ったこともあった。日本人よ！　真面目な心で書く本は半世紀ほど休んでみないか。

軽薄で微笑ましい「ぼやき本」が書店の一角に並び、「ぼやき本コーナー」と「ぼやき文学」が生まれることを願う。そして「ボヤキスト」たちが、本音を「ぼやき合う」、そんな時代がやってこないものだろうか。

本書では記述がいきなりあさってに飛ぶことがある。記述の流れと無関係な思いつきがときどき挟まる。そういう理屈のずれた酔っぱらいの会話がぼやきの本質である。親しみをこめて「ばか」を連発することもご理解あれ。一部過激な内容にお腹立ちもあろうかと思うが、ぼやきにはぼやきでつぶやいていただけることを切に望む。差別用語といわれるものは否定して使用する。それは歴史ある日本人の心に難癖をつけたものたちをあざ笑うものである。

記載した内容は事実ではなくすべてがフィクションである。結論に至る記述については調査や下調べを一切していない。あくまで著者の経験にもとづく意見であり感想である。すなわちぼやきそのものである。

へそまがりの定義

ひねくれていて素直でなく、心が正しい方向にまがっている人

ぼやきの定義

ぶつぶつ、ぐずぐず、不平、不満、泣きごと、屁理屈、眉つば、悪態、叱咤、怒り、火に油を注ぐことを口に出すこと。その心は既成の価値や秩序を認めるがゆえに疑問を持ち、伝統的な宗教、習慣、制度を肯定するがゆえに疑問を持ち、理性、合理主義、科学的認識を信用するがゆえに疑問を持ち、自分の行動の先を行く社会の落ちつきを危ぶみ、同時にこの世界、地球や宇宙の存在そのものに小首をかしげること。

もくじ

運命の相手

［第二部］　こんな言葉は笑っちゃう

家族との時間は貴重だ
125
子どもは思わない

お腹を痛めて産んだ子
126
産んでほしいと誰が頼んだ

学校の成績は偽物

あんな息子に育てた覚えはない
127
何があってもケセラセラ

128
死ね！と一回言ったかもしれない

129
拉致してくれていたら

130
親子でない親子

泣いたら気持ちが楽になる
130

131
私は泣いた記憶がない

水戸黄門のラストシーン

132
うっかり八兵衛の身分

私は女性蔑視思考

133
目線が胸に行く理由

鎧を着て電車に乗れ

現実逃避
134

心が通じ合う
大いなる勘違い

はみ出し付録

〔第一部〕　こんな言葉は遣うな

広い視野で物を見る

神様の気分でいるやつのたわごとだ。視野が狭いと指摘するのは差別である。人は目をいっぱいに開けて視野を広げている。人間の視野はそれ以上決して広くはならない。

変えるとすれば視点であり観点である。見えていないところを見ようとする意志である。それは他人からいわれてやることではない。人には新しい世界に目を向ける能力が備わっている。見る高さや場所を変えてみよう。鳥の目、虫の目、もぐらの目、魚の目、ミクロの目、宇宙の目。

※

高齢者は視野が狭いから交通事故を起こすという。それを危機感としてテレビがあおる。高齢者の欠点を次々と探し出して話題をつくろうとする。小学生のいじめとそっくりではないか。年をとっても視野は狭くならない。

証明して断言できる人はいない。高齢者は足がつるから交通事故を起こすという。若くても足はつる。さらに判断能力の欠如を持ち出す。判断能力は高齢者の方がはるかに上だ。愚かなテレビ局よ！　交通事故を起こすのは高齢者ではなく運転不能者だ。無礼である。呼び方を変えろ。

※

この原稿には少しだけいい過ぎがある。事実を検証していない。正しい方向にこだわると結論が遠くなる。そのいい過ぎを押し通すのが酔っぱらいのぼやきだ。現代人のほとんどは「正しいことはいいことだ」を前提に生きている。「正しいこと」は法律にまかせてもう少し羽目を外してはどうだろうか。きっと人生が面白くなる。

科学や化学などの学問でも現実を少し外すところから真実を導き出す。正しいことや良いことにこだわる人には魅力がない。いたずらやわんぱくをしない子どもは成長しない。より楽しくする人生イノベーションとしての「ぼやき」を以下に続ける。

いかがなものか

自分を偉いと思っているやつが、内容をごまかしたいときに遣う言葉である。頭の悪い政治家が無理にやる気を見せようとするときの気取り語だ。政治家は自称であって職業ではない。政治家は結果を出さない。ちゃんと形のある成果を出すのが仕事である。「こいつを生かしておくのはいかがなものか」と遣うのが正しい。

※

男が政治をやる時代は終わっている。政治は女だけにやらせるのがよい。その方がよい世の中になる。子どもを産んで健やかに育てと願う女は天性として善人である。男の歴史は悪人の歴史である。政治がらみで決定的な悪をやらかすのは決まって男だ。それは永遠に変わらない。悪い政治をなくすには女にやらせるのがよい。

政治が女だけになるとそこにやっぱり悪が生まれる。しかし女の悪行には知恵がついていかないので悪の本質が分かりやすい。

高校以下の学校の先生も女だけがよい。もう男の仕事ではなくなった。ボウフラのように湧く暴力生徒には、マッチョな女先生一人を採用すれば対抗できる。女のマッチョ先生と暴力生徒たちは仲良くなるかもしれない。それをうらやんで女の暴力生徒が湧き出るかもしれないが……。

※

何でもかんでも手当たりしだいに男女同権をわめくやつがいる。男には男の仕事があり、女には女の仕事がある。現状に合わない過去を変えてもいいが、もう少し考えてものをいえ。

バスや電車の運転手に女が増えてきた。女はこの後30年間は酔っぱらい運転をしないだろう。男は男の看護師を望まない。特に男に変なところを触られるのは嫌だ。女も男に触られるのは嫌だろう。男の看護師は力仕事に限定して名称を「力護師」にしろ。

コメントを差し控える

すまし顔でいう政治家がいる。上品な表現だと勘違いしている。うす汚れた心をさらけ出していることに気づいていない。お前は国民の代表なんだろう。それはいわないと、なぜはっきりいえないのだ。意気地なしメ！正々堂々としろ。こんな気取り語を発明したダメな政治家がいたため、自分をごまかしたいやつらが真似を始めたじゃないか。政治家は裏に隠し事があるとき、それが正義だと自分に言い聞かせる。隠し事の内容が悪いほど上品に表現したがる。政治家に正直者はいない。

※

外国人には侵略などの歴史から自分のことを隠す民族が多い。島国である日本は他国からの侵略を受けなかったので、外国の良い文化を積極的に取り入れる前向きな心の民族に成長した。そして「自分を隠さない正直者」

とか「相手に心を開く」などのコミュニケーション技術の大切さを小学生のときから学んだ。

　日本人は最近まで自分や家族のことをあまり隠さない性格の良い民族だった。それなのに、個人情報保護法という悪法ができたせいで、何でも隠す性格の悪い民族に変身した。自分を隠すことが正しいことのように、それを礼儀のようにいうやつまで現れた。

　私は長年自叙伝のような自分本づくりを手伝ってきた。これからもつくり続ける。そこには家族、親戚、恩師、親友、対立した人たちがたくさん登場する。仮名を用いることもあるが基本は実名である。内容もありのままを書かなければ臨場感は出せない。登場人物にいちいち許可を求めることはしない。そのとき個人情報保護法は守れない。法律違反を訴えられてから対応することになる。

　私は会社などの依頼を受けて社史や記念誌もつくる。この悪法がクリエイティブな世界をどんどん狭めていく。

国民の声

そんなものがある訳がないだろう。男に対抗するために金切り声でこの言葉を遣い続ける野党の女議員がいる。日本語をよく知らない元□□人らしい。実際には聞いてもいないくせに国民の声だとうそぶく。ふざけるな。お前なんかに誰が本当のことをいうもんか。「国民の声」は政治家たちが出汁に使う形容詞である。真に受けてはいけない。

※

私は公職選挙には一度も行ったことがない。中学生のとき生徒会長選挙があって私も立候補して選挙のからくりを体験した。先生が教えてくれたことと少しズレがあった。法律では人権が保障されていてそこに参政権があるそうだ。私は日本社会が今の政治を肯定していると思うので不参政権を大事にしている。野党がだらしないのがその証拠でもある。

正しい投票率

国民の声を連発する野党の女議員よ！　国民の声が少しだけ聞こえるのは与党であって野党ではない。よく耳を澄ませてみろ。「地獄に落ちろ」といっていないか？

テレビは選挙のたびに投票率が悪いと言って嘆く。事実を報道するのはよいが生半可に評価をするな。最近のテレビニュースはつまらない意見を挟みすぎる。都合が悪くて行けない人が３分の１で、不参政権を使う人が３分の１だとすれば、33％前後が正しい投票率だ。

大きなお世話だ！

あなたは休んだほうがいい

　誰かがしょげているときにえらそうに吐きかける言葉だ。生意気もいい加減にしろ！　大きなお世話だ。何様のつもりか。お前にいわれる筋合いはない。自分こそ休め。

前段には「あなたは疲れている」という言葉が入るのだが、相手は考え中なのだ。お前の出る幕ではない、慌てものめ。どんな失敗をしても長くしょげてはいられないのが人間様だ。

※

スポーツ選手がちょっと休んだだけで「何故だ！」と悪いことをしているかのようにマスコミが追っかける。それこそいったい何故だ。休んだ方がよい例もある。トレーニングの話だ。毎日欠かさず練習することが大事だとばかみたいにいうやつがいる。そいつはスポーツ消耗品販売からリベートをもらっているに違いない。

半年ほど休んでみなさい。気づかずに溜まってきた悪いくせ、タイミングのマンネリ化、かけひきのワンパターン化など、積み上がった悪いことのすべてが消えて白紙の体に戻る。違う明日が見えてくる。一から出直すのではない。二から始めるのだ。

※

大相撲でも稽古をしないものを解説者や親方たちが口を揃えてなじる。負けると最近は稽古が少ないという。ときには稽古をしない関取の人格までを非難する。稽古をしないで堂々と勝つ横綱や大関が現れてくれないものだろうか。

人生はやり直せる

失敗した人に向かってえらそうに意見するやつがいる。無責任きわまりない慰めにもならない言葉だ。自分の人生を振り返ってみろ。やり直したことがないくせに。人生をやり直すにはとてつもないエネルギーが必要だし、過去にやり遂げた人はひとりもいない。

人生をやり直すことはできない。今日までが人生であり、明日は新しい未知の何かだ。人生ではないかもしれない。がんばることをやめて明日を待てというのが正しい。待てば海路の日よりあり。果報は寝て待て。これをいった昔の人はすごい。生きている間にどんな物語をつくるかが人生の楽しみ方だ。よい物語でなくても構わない。ハッピーエンドで終わらなくてもよい。これが分かれば人生は何回でもやり直せる。現に毎日やり直しているではないか。

大丈夫か

挨拶のように遣うやつが増えてきた。何ともないかどうかは聞かれた俺の方が知りたい。けが人に対しても遣ってはいけない。何とかあるに決まっている。テレビをつけるとドラマや映画だけでなく普通の会話にも出てくるようになった。間違いの語だと早く気づけ。

大丈夫とは立派な男子のことを指す人格表現である。そんじょそこらにいる人のことではない。こんな間違いを初めに犯したのは映画の翻訳者だ。ユーアーオッケーというアメリカ語を無能なやつが「大丈夫か！」と翻訳した。アメリカ語には彼らの歴史に刻まれた別のニュアンスが込められている。「何ともないか？」とか「何か手伝うことがないか？」というのが正しい。かぶれ語が増えて日本語が変化しても構わないが知恵のないやつらに踊らされるのはごめんだ。

「〇〇ちゃん傘を持った」「うん大丈夫だよ！」、思いっきり間違っている。「うん持ったよ」と正しい言葉遣いを教えなさい。

※

テレビは、大丈夫かと脅迫しながら誘惑するコマーシャルをひっきりなしに流している。サプリメントというやつだ。初めに使用前使用後を見せながら美しい言葉で誘惑し、今なら半額とにこにこして追いかける。半額にできるほど儲けているのだ。これとオレオレ詐欺、振り込め詐欺、特殊詐欺の違いは何だ。高齢者を騙す手口はそっくりではないか。

※

かつて富山の売薬さんを指さして「薬九層倍」といった。現地富山では「くすり糞ばい」、地口では「越中富山の売薬さん、鼻くそ丸めて万金丹、それを飲むやつアンポンタン」と歌った。それは売薬さんへの応援歌でもあり、裏返しのコマーシャルソングだった。

全国の人々は一年に一回しか来ない売薬さんを待ち焦がれた。売薬さんは家に入ると鼻たれの子どもの頭をなでて褒めた。おまけの紙風船は子どもにも大人にも喜ばれた。囲炉裏の煙で黒くなったおまけの食べ合せ表や錦絵を張り替えた。村人たちは全国津々浦々の話を聞くことが何よりも楽しみだった。評価された最大の理由は先用後利という特異の商法にあった。使った分だけを支払うというシステムだ。これを考えたのは今から300年前、富山藩二代藩主前田正甫（まさとし）だった。

サプリ会社よ！　心がすさんでいる。下劣なコマーシャルを直ぐにやめろ。効果を確かめてから金をとれ。

おちつけ

カームダウン、これもアメリカかぶれの言葉である。いったやつは自分優先で相手の事情は少しも考えず「だまれ！」といっているにすぎない。自分を高い位置において相手をさげすんでいるので、思いやりはみじんもない。いわれたらどうしたらいいのか日本人には分からない。

最近ドラマにもよく出てくるようになった。シナリオライターは無能だ。言葉の本質を知らなさすぎる。そのうち挨拶のようにこれをしゃべるやつが出てくるのだろうか。いやな社会が広がっていく気がする。

どんな緊急事態が起ころうが、誰かがわめき散らしていようが、それにやさしく対処しようと、必要な言葉を選んで声をかけるのが日本人の知恵だった。今のところ「おちつけ」の別語を「あのね」とすれば日本人には通用すると思う。

それは常識だ、そんなことも知らないのか

相手を見下して得意顔でいうやつがいる。そいつは阿呆だから、それほど高尚なことがらではない。はやりものとか生活習慣とか新製品など、どうでもいい内容がほとんどだ。そのときは「あんたは頭が古いな。知らないことはいいことだ」とやり返しなさい。今は常識なんかいらない時代だ。真っ白の頭で疑問を探れば、そいつさえ知らない何倍もの情報が手に入る。情報社会の良さがあちこちにころがっている。

※

少し前までは漢字や熟語を覚えることが常識だった。「こんな小学生でも知っている漢字がなぜ俺の頭から出てこないのだ」。今はそんな人が多いはずだ。パソコンという便利なものがそんな世界をつくってしまった。人間の脳みそがパソコンに乗っ取られつつある。

※

□□駅でタクシーを待っていたときのことである。後ろから下駄をはいたおっちゃんがきて、私の前に十人ほど並んでいたのにさっと乗って行ってしまった。「すごいね」といったら前の人が「そんなことも知らないのか。□□ではお巡りさん以外は全部あんな人なんだ。それは常識だ」と教えてくれた。信じそうになってしまった。

空気が読めない

すぐに批難するおせっかいがいる。その場の雰囲気に合わせろといっているようだが人の個性を踏みつけにするのがお前の個性なのか。私は空気が読めないのではなく読まないのだ。いや空気を読んでいるから同調しないのだ。天上天下唯我独尊。仏陀は空気を読まない典型人だった。

※

空気が読めないというおせっかい語の延長線上にあって、やめなければならないことが二つある。一つは「伝統」というものだ。良いものだと決めつけて社会を欺き、まだ生まれて来ていないものにも押しつける。守るという言葉を遣って洗脳していく。広告塔としてテレビを踊らせる。役割が終わっているのに終わりをつくらない。

伝統とは無用でこっけいなものである。前に進む勇気がないとき、周りの人と同じことをすれば安心だというなまくらものの逃げ道だ。始まりは何だったのか原点に戻ってよく考えてみろ。こんなものを続けたらいけないことが何故分からない。自然消滅の道を考えなさい。

もう一つは「習俗」である。季節や環境や宗教をもとにして住民の生活を守るという大義だが、時がたつと守るが縛るに変わっていく。前に進もうとする若者たちをおまえのためだと言って縛る。そこに根を張る酋長たちの頭は腐っている。そんな土地から早く逃げろ。

※

私が生まれた村には江戸時代さながらの悪い習俗がたくさん残っていた。村の青年団が先頭に立ってその習俗を守っていた。その中には昔に合わせて最近つくられたものも少なくない。

私の父が死んで葬式を済ませた後のことだった。弔問客たちとの会食が終わったので香典を開いて記録しようとした。すると青年団長がきてそれは自分の仕事だといった。信じられるか。当然お断りした。昔は助け合いの一環だったのかもしれない。時代が変わって今は、誰がどれだけの金額を包んだのか、香典の総額はなんぼだったのか、次の寄り合いでの雑談の情報源になるだけだ。翌日私は青年団長の家を訪ね、脱村の三くだり半を突きつけて村を去った。自宅はまだあるが二度と戻る気はない。

※

良いことを「継承」するのは賛成だ。しかし継承するに値する良いことは少ない。身の回りにある不要のものを捨てて体を軽くしなさい。そうすれば明日の自分は進化できる。

　最近、移動する人々の荷物がやたらと大きくなった。大きなリュックがパンパンに膨れている。子どもが三人ほど入りそうなキャリーバッグをガラガラ転がす。おまけにエスカレーターから落とすやつも出てくる。不便だった時代が戻ってきたような風景だ。社会はこんなに便利になったのだから持ち歩く荷物を小さくしろ。迷惑である。

夫婦の役割分担

　いい加減なことをいわないでくれ。人の道のように押しつけ語を遣うのはやめろ。役割分担など決めたくはないし、それよりもお前にいわれる筋合いはない。やりたくないことをやらないのには理由がある。とやかくいわずにほっといてくれ。

対価が発生しない家庭内のことを労働と決めつけるな。夫婦の役割分担に給料を払うというやつがいた。こいつの頭は完璧に狂っている。ゲームなら勝手にやれ。人は労働するために生まれてきたのではない。働かないで生きていけるならそれが一番なのだ。

ぐうたら亭主が働き者の女房に食わせてもらって何が悪い。ぐうたら女房が働き者の亭主に食わせてもらって何が悪い。子育てを夫婦の協力でやるだとッ。いまさらいわれなくても猿の時代からそうなっている。すべて個人と個人の問題ではないか。好きなことを好きなときにする。気が向かねば何にもしない。それが生きているということだ。

夫婦は平等だという大馬鹿者がいる。人間社会をはじめ動物社会も含めて平等なんてありえない。すべての社会は「公平」が原則なのだ。給料を平等に払う会社がどこにある。夫婦間も公平が原則でそれ以外の何ものでもない。亭主が大好きだから何もさせず自分が全部やる。自分はへたばっても全然かまわない。それが公平の原則だ。分かったか。

親子の絆が強い

ドラマでよく遣われる意味不明の言い方だ。分かった風な口を利くな。親子の絆は誰にも分からないし、その親子にとっては考えてもいないことだ。ましてや強いとか弱いとかをお前に測れるはずがない。

それでも絆が強いというなら、どちらかにあまえがあって相手に依存している。精神が軟弱で離れられないときに絆が強いように見える。大人になっても金をせびる子どもと、つい金を与えてしまう親と子のことを絆が強いとはいわない。

反対に絆が弱いというならそれはどちらも独立している。子どもは親離れがしたい。親は子どもを突き放したい。人類数万年の歴史がなせる当たり前のことを絆が弱いというのはおかしい。さらに絆と愛情は混同できない別のものだ。その強弱は誰にも測れない。

絆とは、馬、犬、鷹などの足にからめて逃げないように縛るひものことだそうだ。それを人間に当てはめて精神的な意味をこじつけたやつがいた。友人関係、師弟関係にも絆という言葉を安易に遣うやつがいる。天が与えたとでもいいたいのかもしれないがかなり変だ。

※

縛られずにつながっていない絆の例を話す。私には六つ下の弟がいた。二人だけの兄弟だったので「兄ちゃん兄ちゃん」と私のあとをついてきた。私を見ながら同じ高校に行って、同じ美術クラブに入り、私は多摩美のグラフィックデザイン科、弟は武蔵美のインテリアデザイン科に進んだ。

私が地元富山で小さな編集会社を始めると、弟も名古屋で小さなインテリアデザイン会社を始めた。両社は高度経済成長に後押しされて、順調に営業圏と売上を拡大した。弟がオフィスを広げるというので、私は名古屋への進出を決めて同居することにした。

ここまではどこにでもある話だが、弟の業界つまり受注先には一部やばい連中が混ざっていた。デザインというきれいごとの仕事には人を疑わない純粋な心が必要である。そこに大きな落とし穴ある。設計デザインだけの小さな金額の間はよかった。不払いが発生するとそれを補填するために施工管理を受注する。さらに資金を回転させるために施工丸ごと請負って売上金額を増やす。悪循環がさらに不払いを生む。親に頼り親戚に頼り友人に頼っても追いつく金額ではない。

最後は雲隠れの術で逃げるしかない。私はかれこれ25年、弟に会っていない。仲良くしていた家族同士のつき合いも途切れた。父の葬式にもこなかった。母の葬式にもこなかった。生きていないかもしれない。

周り中に迷惑をかけて行方不明になったのだが、その直前に自分が生まれた家つまり私の家を守った。銀行借入の担保になっていた父名義の土地約５００坪の抵当権が外され、名義が私のかみさんに代わっていた。どんなからくりを遣ったのかは定かでない。私は自分の家族に絆を感じない。仕方がない関係だと思っている。しかし弟の場合は少し違う。

女心

女心は下手な作家が知恵を出せなくて、話を短く片づけたいときに遣うあいまい語であり意味の薄い形容詞だ。女心と女らしさが同じかどうかは知らないが、どちらも丁寧に遣えばふくらみが多い言葉になる。

女らしさ男らしさを差別用語というやつらがいる。先人が積み上げた美しい日本語を踏みつけにする脳無し野郎だ。死んだら墓石に「無用のもの」と刻んでやりたい。

女は何かいいことがあると人生はどこまでも上り坂でお先はバラ色だと思う。表情にもリアルに表れる。何か悪いことが起きると人生はどこまでも下り坂でお先は真っ暗だと思う。表情にもリアルに表れる。頭が空っぽの私のかみさんもそうだったし、有名女子大学を出た昔の彼女も同様だった。ナニの前の極端な落ち込みと、ナニの後の何もなかったような明るさ、泣いたりわめいたりはしゃいだり浮かれたり、私は女の感情の起伏をその都度楽しませてもらった。女心というあいまい語に説明は付けにくい。しかし遣うからにはどういう女心なのか分かるようにしろ。

上り坂の先には必ず下り坂があり、下り坂の先には必ず上り坂がある。この当たり前のことを知っているのが男である。女のＤＮＡにはこのような自然界の法則が書きこまれていないようだ。

幸せ

テレビには幸せという言葉が数えきれないほど出てくる。元来の日本語に幸せという言葉はなかったように思う。あっても遣う人はいなかった。自分のことを「幸せ」などと表現すると、軟弱なやつだと思われるという強がりがそうさせた。いつの間にかハッピーというアメリカかぶれの言葉が日本語にまざってきて、みんなが遣うようになった。

幸せとは今一瞬の心の表情であり、未来を保障するものではない。それなのに永遠のもののように遣う。ドラマをハッピーエンドで終わらせたがる。日常にも「良かったね」という知恵のない会話がある。良かったのは過去だけで現在でも未来でもない。交互に必ず回ってくる不幸せのことは誰もいわない。

丁半博打の見極め方に「7の法則」というのがあるらしい。6回の繰り返しがあると7回目には違った目が出るのだそうだ。幸せ、不幸せ、幸せ、不幸せ、幸せ、不幸せ、と6個の違う目を繰り返すと、7個目には続けて不幸せが出る。幸せ、幸せ、不幸せ、不幸せ、幸せ、幸せ、と6個続くと7個目には続けて幸せが出るのだそうだ。お分かりかな。

※

結婚式では「お幸せに」というのが常套語である。美しい表現だと思っているようだがとんでもない。私はこんなに思いやりのある人間ですよと、自分を褒め誇っているように聞こえる。

真実の愛

ありもしない幻想だ。これを「ないものねだり」という。「愛」などというものが人間の心にないから「真実」で修飾することになる。

「アイラブユー」「ミーツー」むなしくないのか。「バックトゥザフューチャー3」の舞台は西部劇、ドクが好きになった女性に「アイラブユー」というが女性は何の事か理解できない。１００年前のアメリカにはそんな言葉がなかったのだ。

映画やテレビドラマでは必ず「愛」というトリックを遣う。「愛」を外したら物語が半分の時間で終わってしまう。「愛」は時間を引き延ばすための手段である。私は自分の中に「愛する」という感情が生まれた記憶がない。家族に対しても、数人の彼女に対してもそうだった。日常を「愛」で生きている人はいない。

運命の相手

がっかりするほど刹那的な言葉だ。そんな相手は絶対にいない。あの人となら一生安心、そう思って結婚したら必ず地獄に落ちる。それでも結婚したいのなら先の分からない人と結婚しなさい。あまり具体的な計画がない人、将来何をしでかすか分からない人、人生の到達点が予測できない人、自分のインスピレーションにモラルがある人である。毎日をワクワクしながら生きていける。

※

親が子どもの結婚に口を出す時代は終わった。結婚を前提にしようがしまいが同棲をとやかくいうやつがいなくなった。社会の結婚観に区切りがついたようだ。だから軽く歴史を振り返ってみよう。

日本でも世界でも人類は何万年に亘ってフリーセックスという正しい生き方を続けてきた。家とか結婚とか家族という概念が自然の摂理にそって変化してきた。日本では４００年前、徳川家康という間抜けがたくさんの悪政を生み出した。家督という不条理な概念もそのときから固まった。そんなばかげた習俗がつい最近まで残っていた。

　先祖代々の家督を受け継いで家を守ることが第一になり、その次に家族が存在した。人よりも家が優先なのだ。天皇家存続の議論を見ればよく分かる。家を守るために親が決めた顔も知らない人に黙って嫁ぐ家督結婚が常識だった。その後に見合結婚の習慣が生まれた。結婚の絶対的条件は収入と財産だった。それを家と家とのつり合いといった。家長が承認しない結婚はなかった。これがひと昔前の「運命の相手」である。

　これに違反することを「駆け落ち」といった。駆け落ちをロマンと間違えてドラマをつくるやつらがいる。「ラブ」というアメリカかぶれの言葉が結婚と愛という無関係のものを結びつけた結果である。「愛」というものが幻想だということを早く分かれ。

※

「賤民」という差別制度を知っているか。そんなに古い制度ではない。人の死体を焼く、食用の動物を殺す、ごみを始末するなど、人間社会の最も重要な仕事をした人たちだ。それなのに身分を士農工商の下におかれ、住居を隔離されてそこを「部落」と呼んで差別した。明治初期に賤民解放令が出されたのだが、インフラがついていかなかったため、全国の村々は賤民差別を習俗として続けた。戦後六三三制が敷かれると学校に部落の子どもたちが入学してきた。先生は子どもたちを平等に扱った。その延長線上に恋愛が生まれ結婚に向かった。親たちが大反対するという構図ができた。大人の脳裏からその概念が今も抜けきっていない。

※

家督という不条理に対して男女年齢を問わず人々は知恵をめぐらせた。その一つが「夜這い」という形のフリーセックスだ。また乱交パーティー第一号は古代の日本の常識だった。天の岩戸の前で踊ったストリッパー第一号はアメノウズメノミコトという芸能の女神である。彼女の先導で男女が衣類を捨てて入り乱れた。『古事記』『日本書紀』の中に記述されている。

鎌倉時代には一遍上人が「踊り念仏」を全国に広めた。これは念仏を唱えながら狂うほどに踊れば救済されるといい、時には乱交に至ることもしばしばで庶民を巻き込んでの一大ブームになった。この仏教からの流れを「聖なる性」の思想を持つ日本中の神社が引き継いだ。春に収穫を祈る祈念祭と秋に収穫を祝う新嘗祭には神社の近くに必ず男女が入り乱れるための「ざこ寝堂」が用意された。「助平屋敷」といった地域もある。「助平」とは「好き兵衛」のことである。

※

古い時代の村社会では一夫一婦制の概念が希薄だった。男が女の家に忍んでいく「夜這い」が常識となり、「村の娘と後家は若衆のもの」という共有意識まで生まれた。「夜這い」は村ごとにルール化されて性教育の習俗として定着した。民家に鍵がなかった時代、娘の部屋を入口のすぐ近くにつくることもあったという。よばいとは「呼ぶ」の再活用形で男が女のもとに通うことを意味した。

　社会活動が広がるにつれて男女の出会いの場は盆踊りの会場に変わっていった。たくさんの若者が近隣の村々から押し寄せるようになった。

「土佐の高知のはりまや橋で、坊さんかんざし買うを見た〜」とよさこい節に歌われる。これは純信という坊さんとお馬という娘が夜這いを繰り返した末に駆け落ちをする江戸末期の実話である。「夜さり来い」「よさに来い」「よさこい」となった。

※

　富山県の八尾町に「おわら風の盆」という盆踊りがある。江戸元禄期の発祥で「二百十日の風の盆」といって9月1日の風鎮祭が起源とされる。

「越中おわら節」の哀切感に満ちた旋律、無言の踊り手たちの艶やかで優雅な町流し、哀調のある胡弓の調べが来訪者を魅了する。三日三晩踊り続けるので人口2万人の小さな町に25万人が訪れる大イベントになった。

　八尾町約１００年の歴史を繙くと全国の盆踊りの本当の姿が見えてく

る。八尾町は江戸時代から和紙と生糸の生産で繁栄した。明治に入って養蚕業が盛んになると20軒ほどの製糸工場が稼働した。養蚕農家との共同生産だったのでそこで働く女工の多くは近隣の農家の娘たちだった。青年たちの主導でたくさんの女工たちが「おわら風の盆」を盛り上げ、近隣の若者を巻き込んで発展していった。

絹はシルクロードと呼ばれるように東洋独自のものである。日本は輸出に力を入れて明治末期には世界一の輸出国になった。製糸工場の機械化が進み規模が大きくなっていくと横浜港に近くなければならない。鉄道が敷かれていない北陸や飛騨の製糸工場のほとんどが閉鎖された。

仕事を失った女工たちは長野や群馬や埼玉の製糸工場へ徒歩で向かうことになった。それが標高１６７２メートルの「野麦峠越え」である。約２００キロメートルの雪道を12歳前後の少女も歩いたという。八尾からは多いときで８００人が出稼ぎに出た。女工たちは工場の蒸気とほこりで結核にかかり五人に二人が死んだそうだ。かつての八尾では水力生産が主流だったので死人は出なかったのに。

女工の休みは盆と正月それぞれ2日だけだった。大正時代に入ったころ八尾から400キロも離れた埼玉県熊谷の盆踊りで越中おわらがひときわ目立ったそうだ。女工たちは日ごろの過酷な労働から解放され、この2日間に若いエネルギーを思いっきり発散させた。

昭和に入ると鉄道や産業の発展にともなって女工たちの環境が変わっていった。絹糸をつくる製糸と綿糸をつくる紡績はどちらも明治初期から発展したが富山にはなかった。呉羽紡績が操業を始めると県下五つの工場に1万人の女工が雇用された。遠い他県への出稼ぎが近くの工場勤務に変わった。社宅が充実し休みがとれ健康管理もよくなった。工場のまわりには遊び場はなく付近の村の春と秋の祭りや盆踊りが楽しみと解放感の場となった。女工たちは男を求めてそこへ繰り出した。

終戦から10年が過ぎて私が10歳のころ、各地で盆踊りが復活して賑わいを見せ始めた。近隣の村にそそくさと出かける青年を大勢見た。社会制度が安定して夜這いの風習はすでになく、はけ口を求める青年たちは後腐れがない他村に行くことに力が入った。女工たちや他の女性たちもそのことを知って各地から集まった。男たちは知らない女性と一夜を過ごして朝帰りをした。なんぱ武勇談が村内を駆け巡った。

おわら風の盆の参加者も増えていった。女性のほとんどは紡績工場の女工たちで観光客はまだいない。二つに折れた編み笠が顔を隠し一張羅の着物から素手を見せる。高くそらす指先の色っぽさで全員が美人に変身して男を誘った。相手が見つかると二人は暗闇に姿を消した。八尾町の人々は自分の娘たちを街流しには絶対に参加させなかった。

県政の指導で観光化された今は、全国からの観光客に対する町ぐるみのおもてなし事業に変わり、町の娘たちも街流しに参加するようになったが、アイスクリームを売るのが忙しくて踊っているのはほとんどよそからきた人たちである。

※

日本は戦後の経済成長を経て時代が大きく変わり、その中で人々は家督観、身分観を忘れたかのように結婚観を変えた。結婚式場が乱立して新婚さんとその親たちは商業ベースに振り回された。離婚も流行った。婚活は見合の復活だ。いや集団見合いというイベント業者の謀略だ。

家族制度はとっくに崩壊した。家を出た若者たちはもう家には戻らない。親の心配は離れたところでするのがルールだ。介護施設、老人ホームが乱立する所以だ。首長は選挙のために福祉施設の充実といってあおる。

土地を持つ、家を持つ、家督を継ぐなどもうあり得ない。年金さえ払えない若者たちは、親が払ってきた固定資産税など知ろうともしないだろう。相続税を親に払わせて土地と家をもらったやつらは早く売ることしか考えない。そんな時代がこれから１００年以上続く。

※

結婚という人間の習俗はもうやめた方がいい。何千年も前に生活を便利にするために生まれたよくない習慣である。いつまでそんな厄介なことを続けるのか。

不倫を悪いといいながら腹の底ではなく、のど元でみんながうらやんでいる。テレビも恰好つけるのをやめて「人であるがゆえの自然の行い」に切り替えなさい。国は結婚制度を廃止すると同時に、不倫やセックスを法的に自由化しなさい。夜這いを復活させなさい。

今や民家の八軒に一軒が空き家だそうだ。人がいない村も出始めている。最後に残る老人をどうするのだ。増え続ける空き家に無制限で移民を受け入れなさい。日本をフリーセックス解放国と位置付けて、いらなくなった「公民館」を「ざこ寝センター」に改築すれば移民は大喜びだ。数百年後に絶滅する日本人など早くいなくなればいい。ごちゃまぜ民族大いに結構。そして子育てを全面支援すれば人口はどんどん増える。年金制度になんの心配もいらない。

国会議員殿よ！　次の選挙公約を「結婚制度廃止」「フリーセックス法案推進」「移民大歓迎」にしなさい。当選確実だ。

運命

そんなものはない。自分が生まれたことから始まって、すべてが偶然のつながりだ。明日のための準備はするが、明日に何が起こるかは明日にならないと分からない。私は非運命論者に近いからそう考える。一方、人の幸不幸はあらかじめ決まっていて変えられないと考える人を運命論者という。私はそれを否定しない。どうでもいいことである。

運命論者の中に、未来を変えることができるという連中もいる。彼らは今日の行動次第で明日が変わるものを「運命」といい、生あるものは必ず死ぬといった変えられないものを「宿命」と呼ぶそうだ。ますますどうでもいいことである。

いい訳をいさぎよしとしない日本人は自分の行動を天に任せない。そういう人には運命という概念がなじまない。しかし鎌倉時代に書かれた平家物語には「運命」が出てくるそうだ。「運命の赤い糸」を良いものとするか悪いものとするかはおいといて、「運命のいたずら」「命運が尽きる」など多くは諦めるときに遣ういい訳語である。いさぎよくない。

仏教でいう「業」は存在する。身業、口業、意業に分かれるが、易しくいうと、生まれた境遇、育った環境、自分の行い、関わり合った人々、今いる世界、そこまでだ。そこまでにしておけばいいのに、仏教は悪いことも持ち出す。それを「因業」という。「何の因業か知らないが」とか「親の因業が子に移り」というやつだ。めんどうくさい話である。因業ではなく因果だと教えてくれるあなたよ、ありがとう。

また、仏教では「業」によって生じた世界で、自分が起こしたり周囲で起こった出来事を「縁」または「因縁」という。因と縁から結果が生じるめぐりあわせのことである。「業」と「縁」の二つ合わせて「運命」ということになるのだろうか。どうでもいいことである。

言いがかりをつけることを「因縁をつける」というが、前述とは無関係なこじつけ語であろう。

不幸を絵にかいたよう

戦後70年以上たっているというのに敗戦をまねいた悲惨な絵をいつまでも公開する。どこかにひっそりと保管してもう忘れたらどうだ。敗戦と平和を早く切り離せ。国民が明るく前に進むために、テレビは敗戦の報道をやめるべきだ。平和が続くのがそんなに怖いのか。戦争なんてもう起こらないよ。取られた領土を戦争で取り返すといった議員に目くじらを立てるな。本気じゃないに決まっているではないか。

私は終戦の1年前に富山市の郊外で生まれた。1年後、B29 174機が飛来し焼夷弾1万2740発を投下、富山市は壊滅、3千人以上が死亡した。地方都市最大規模の空襲で、我が家の東の空は真っ赤だったという。しかし今、富山市でそのことを口に出す人は誰もいない。

私は少年のころ焼夷弾のかけらにビー玉を転がして遊んだ。焼夷弾のかけらは私には楽しい思い出だ。

※

子どものころ親に野口英世物語の絵本を買ってもらった。当時は野口英世を知らない日本人はいなかった。物語の前半は不幸を絵にかいた絵本である。立派な人間に育ってほしいと願う親の心を代行して絵本は子どもたちに語りかけた。それを読んだ私は今のままでは立派な人にはなれないのだ、もっと貧しい家に生まれたらよかったのにと思った。野口英世の親子関係は今でもよく理解できない。

私の両親は小学校の教師だった。終戦から10年ほど過ぎていたが周囲の家はまだ貧しく、たくさんの農家の中にあって地方公務員が二人のわが家は裕福だった。昼に弁当箱をいっせいに開けると暮らしの差がひと目で分かった。私の弁当がカラフルなのでみんなが覗きにきた。赤い子ども用の自転車を買ってもらった。それはいつのまにか村の子どもたちみんなの自転車になった。良い境遇で育った私の未来は悲惨なのだろうか。今のところそうでもない。

※

悲惨な過去を示して未来を盛り上げるのは作家がよく遣う手法である。あるとき、出世物語の自叙伝の制作を依頼された。終戦で満州から引きあげてきて、貧乏暮らしのどん底から会社を立ち上げ、至難の末に成功した社長の一代記である。ライターとして少し名の知れた女性作家を起用した。前半に苦労話がたくさん盛り込まれた。

出版記念パーティーの和やかな会場で面白いことが起こった。招待客の挨拶が済んで会食が始まり、奥様がスピーチに立った。「私はここに書いてあるようなこんな貧乏な思いを、主人には一度もさせたことがありませんでした」。でき上った自叙伝を読んで腹に据えかねた奥様の平手打ちだった。会場は一瞬シンとなった。作家女史は奥様を取材していなかった。

責任の一端はディレクターの私にある。この出来事以来、私は任せっきりのディレクションをしなくなった。

俺の気持ち分かるよね。分かりません。
私の気持ち分かるでしょ。分かるもんか。

「忖度」という言葉が話題になった。テレビは悪い言葉のように国民に印象付けた。「忖度」をわざと遣うばかが現れた。ビジネスをはじめ日々の生活のすべてが良い意味の忖度で動いている。忖度をやめたら人間社会のスピードが3倍以上遅くなる。外国には忖度という概念がないと、日本人の悪行のようにいったやつがいた。世界中の人々が良い忖度で動いている。外交官が発する言葉には忖度が多い。

「そんたく」という言葉が嫌なら、意味は他人の心を推察することだから、「察し」を名詞とし、動詞を「察しする」でどうだ。「察する」は今まで通りの単純な意味として、それより少し重みをつけて上品に「察しする」がいいと思う。

私は努力して今を築いた

よかったね。でもあなたは大嘘つきだ。あなたは普通に生きてきただけなんだよ。それくらいの努力は誰でもやっているんだ。普通のことだから誰もいわないのだよ。「今を築いた」はいいけれど、「努力して」が嫌みなのだ。「私は楽しんで今を築いた」と何故いえない。

田植えをするときも、野山を開墾するときも、地引網を引くときも、昔の人は歌を歌ったじゃないか。あれは辛さを紛らわすために歌ったのではない。みんなでやるのが楽しいから自然に歌ができていったのだよ。努力というのは楽しいものなのだ。辛かったで締めても誰も評価しない。延々と続くことでもいつか必ず終わる。そのとき楽しかったとか面白かったの方がずっと明るいではないか。

※

スポーツ選手の場合は少し違う。最近のスポーツ選手は「楽しんできます」とか「楽しみました」をよく遣う。生意気なそいつらは頭の悪さ丸出しだ。費用のすべてを自分が出したのか？　観覧券、あご足まくら、開催事務費など、お金を出している人たちが他にいるのなら、少しは気を遣ってものをいえ。違ういい方を考えろ。無神経なやつらめ。

自分を優越人種と思っているならば大事なことを一つ教える。大相撲の起源を知っているか。村の中に置いておけない低能の乱暴者を江戸と上方に集めて見世物にしたのが大相撲の始まりなのだ。時代が変わったといえ、その流れをくんでいることには変わりがない。もっと自分を知れ。

スポーツは精神を鍛える

スポーツは体と同時に精神を鍛えるというやつらがいる。ありもしない人間の弱さに焚きつけて自己満足をしたいやつらだ。あなたの身に不幸が起こるといって護摩を焚いて金をとる霊媒師と同じだ。そいつらのいうことをまともに信じると体も心もダメになることを知れ。

精神力とは何のことだ。不幸とか災害に備えるための準備か。悲しみを乗り越えるための準備か。精神力とは鍛えて強くするものではない。人間はそんなうすのろではない。猿の時代から生き残る力を身につけてきた。だから動物界の頂点にいるのだ。

一生をささげた

好きなことをしただけではないのか。それしかできなかったのではないのか。ささげたというからには相手があるはずだがそれは誰だ。「私はこの研究に一生をささげた」。なんだ相手は自分か。馬鹿野郎。

※

私は少年のころ自分の将来に何の目標もなかった。向かいの家のおばさんに「この村にはお医者さんがいないからあなたはお医者さんになってください」といわれた。でも勉強するのが嫌いだった。宿題は絶対にしないと決めていた。今になるとこのおばさんの老後の心配がよく分かる。自家用車のない時代だ。医者までは40分歩かなければならなかった。

子どもに向かって「〇〇ちゃんは大人になったら何になるの？」はこのころの親の挨拶だ。年をとった親が子どもに食べさせてもらうという現実が数万年続いてきた。時代によって言葉は違ったと思うが、親は子どもに食べさせてもらうための手を早くから打っていた。

私の両親は小学校の教師だった。恩給という公務員の年金制度があったので、私の親はこの流行語をたぶんいわなかったと思う。私が大人の目標を持たなかったのがそのせいかどうかは思い出せない。

そのうちサラリーマンが増え出して国民の年金制度がしだいに定着していった。その結果若者が親を食べさせることから解放された。若者は大人の目標を失い、世の中を好きに渡る風潮が生まれた。

私は高校2年生になって受験する大学が思いつかなかった。美術クラブの教師に美術学校へ行けといわれて多摩美術大学を受験した。結果を待たずして大学から寄付金の要請が来た。お金を積んで裏口入学をした。

グラフィックデザイン科に登校した。定員が200人だったのに400人が入学していた。寄付金を積んだやつらが200人もいた。「卒業のときに窓ガラスを全部割ろう」という合言葉が生まれたがそんなことでは済まなかった。理事長が豪邸を建てたことをきっかけに校内で暴動が起こった。廊下にコンクリートをぶちまいてバリケードをはり理事長を閉じ込めた。2年後に授業が再開されたが私は行かなかった。

当時は1960年代、グラフィックデザイン全盛期だった。高度経済成長期のまっただ中で高額の仕事がどこにでも転がっていた。5年ほど続けたのだが人を騙す仕事がだんだん嫌になってきた。視線を誘導し、歯の浮くコピーで人を誘惑する。作品そのものが消費者を騙すものだが、それを説得するときも説得用トークで依頼者を騙すことになる。自分にむなしいと言い聞かせてその仕事をやめた。

そして編集者になった。国語能力がまったくない私だったが、白紙こそ戦力と自分に言い聞かせた。50年の間に一千冊ほどの本の編集に携わった。文章を良くし読みやすくすることと、著者の人格表現にも努めた。さらに25年は続けたいと思う。１００歳になって一生楽しんだというつもりだが、一生をささげたなどと、ぬかすことは毛頭ない。

人の命は尊い

本気か。何でそういえるのか。ただ口先だけの言葉だ。自分の命は大切だが尊くはない。命とは美しいものではなく崇高なものでもない。人の命を持っている自分は、この世が存在するのかどうかさえ分からない存在だ。

人間は「人の命が尊いかどうか」について宗教で答えを見つけようとしたが一歩も前に進めなかった。「人間の命は地球より重い」といったやつがいた。たしか総理大臣だった気がする。まったく意味が分からない。

※

自動車メーカーよ、何がいまさら自動ブレーキなのだ。あんたらはこれまでどれだけの人間を殺してきたのだ。日本の自動車の歴史は約100年、交通事故死者数のピークが1970年で1万6千765人が死んだ。あんたらはこの100年間に約50万人を殺した。「人の命は尊いか」と自動車メーカーに聞いたら何ていうだろう。「車の前に出るやつが悪い」というに決まっている。

買って乗る側の安全は少し考えたのかもしれない。金を払わないからと車の外にいる人の安全を無視した。自動車をつくるときには初めから自動ブレーキを付けるのが常識だろう。交通事故問題をクリアにしてから自動運転を考えろ。でないとお前らには悲惨な未来が待っているぞ。

人として生きる

あんたの相手は人ではなかったのか。それとも自分のことか。訳の分からないことをほざくな。あんたの病気を世間では心配病という。自信のなさがにじみ出ている。

先進国の中で人として生きる時代は終った。もう二度と戻ってこない。アフリカのある民族に「子どもがひとり育つのに村中の人が必要だ」ということわざがあるそうだ。日本も後進国だったころにはこのように人は村の一部として生きた時代があった。

人ではない生き方、大いに結構ではないか。前人未到の空間を突き進むのがアフリカを出発した我々人の道の始まりだ。途中にはコロンブスというやつもいた。山田長政という日本人もいた。そして今、大宇宙へ向かおうとしている。人としてなんていっている場合ではなかろう。

人生の岐路

本当にあると思うのか。あるとすれば、一秒一秒、一瞬一瞬、無限にあるのが岐路だ。人を評価するときも、自分が反省するときも、そんなばかばかしいことを持ち出すな。素早いやつもグズなやつも必ず行く道を選ばなければならない。人生は案外ゆったりと少しうねってはいるが一本道だ。

※

一本道には「人生の曲り角」が三つある。それは岐路ではない。一生を振り返るほどの年齢にならなければ見えない。

１９８０年36歳。絶好調の道を歩いているとき、会社が3億円の負債を抱えて倒産し、私は８０００万円の債務保証を負った。富山市で小さな編集会社を設立して個人経営の道に入った。

１９９０年46歳。年史ブームが興り、社史や記念誌の制作で全国展開という道が見えてきた。分社経営方式を導入して名古屋、大阪、東京、四国、北九州へと道を進めた。

２０１４年70歳。会社を後進に託して退職した。日本一といえるほどの実績を残したが、編集業のデジタル化ＩＴ化は世界中ほとんど進んでいない。その道を見極めるべく単身三度目の曲り角を通り過ぎた。あと50年を生きるとすると四度目があるのかもしれない。

あのときあれがあったから
あのときあれがなかったら

だからどうしたというんじゃ。今のあんたの存在とは何の関係もない。選択肢があってこそ後悔がある。その後悔も実はばかばかしい。数えきれないほどの偶然が重なって今の自分がある。吉凶はあざなえる縄のごとし。良きにしろ悪きにしろ明日のことは分からないと早く分かれ。

自分にとって正しい選択

そんなものはない。そもそも正しいとは何のことか。人は一瞬一瞬のすべてで一刹那の選択をして生きている。右へ行ったことが間違いだったといってみても、右へ行ったのだからそういう選択なのだ。コインの裏表なら二つ、サイコロなら六つまで方向を示す。

初めから無難な方向だけを選ぼうとする意気地なしの心根の汚いやつには悲惨な末路が待っているものだ。最も悪いと思う道をあえて選ぶのもわくわくする勇気だ。その行く手には予想もしなかった幸運が隠れているのが人生というものだ。

※

私の場合の一つの選択を紹介しよう。今から約40年前、私は35歳だった。印刷会社の中でグラフィックデザインチームのチーフを務めていた。突然会社が倒産してほうり出されることになった。十数人が私を社長にして今の仕事を続けたいといってきた。社員に給料を払っていくには仕事の内容と可能性を見極めなければならない。確信も保証もない未来を予測するのはばかばかしいと分かっていた。

時は１９８０年昭和55年、日本経済は二度の石油ショックなどなかったかのように大型景気の時代に入ろうとしていた。場所は日本の最僻地というにふさわしい富山市である。しかしグラフィックデザインのビジネス環境は東京とそれほど差がなかった。江戸時代の中ごろに富山藩が開発した家庭薬配置業という基盤に支えられて数十社の製薬会社が存在していた。戦前のピーク時には１万５０００人の売薬さんが全国へ販売に出かけた。薬のパッケージは古くから地元の印刷会社が供給したので、常に数十人のイラストレーターが活動していたと思われる。そんな背景があった。

そこに戦後復興の建設ブームに機会を得たアルミサッシ業、立山アルミ、三協アルミ、ＹＫＫ吉田工業の三大メーカーが地元の経営者のもとで定着した。さらに県の政策によって都会から機械部品メーカーなどが工場を次々と移した。

東に３０００メートル級の立山連峰がそびえ、三方を山に囲まれて一方は深海の富山湾。春はそこに雪解け水が流れ込んで、なぎの海に蜃気楼を出現させる。こぢんまりとした富山平野は1時間以内でどこへでも行ける。早くに水害対策を克服し、台風の影響も少なく、人手は多く、商いの競争も穏やか。村おこし町おこしも積極的である。クリエイティブサービス業にとってこんな申し分のない環境が日本のどこにあろうか。

話を未来予測に戻す。10人以下の小さな会社を前提として、最初に挙げたのはグラフィックデザイン制作会社だった。未来への夢が広がる仕事だ。知り合いのグラフィックデザイナーは儲かってまっ黄っ黄のリンカーンに乗っていた。次に挙げたのは印刷版下の下請け制作会社だった。パソコンがない当時は手作業の版下制作が重要な仕事だった。手先の細かい技術が必要だが単純作業で安定した収入を得ることができた。

私は選択肢としてもう一つ「編集会社」という地方にはめったに存在し

ない業種を挙げた。地方で編集といえば女性のアルバイト程度で職業名にも入っていなかった。ところがタイミングよくアメリカで編集者の給料がグラフィックデザイナーを追い越したというニュースを耳にした。これはいったい何だろうかと興味が湧き出した。

デザイン会社は華やかで儲かるだろう。版下会社は地味だが収入が固い。編集会社は海のものとも山のものとも分からない。私が選んだのは編集会社だった。未知のものへの興味であって、挑戦とはとてもいえなかった。だからみんなには理由を説明しなかった。六人がついてきた。全員が私よりも学歴が上で私よりも格段に頭がよかった。

「知らないことはいいことだ」を原点に「地方にはない会社」を成立させるというこじつけの発想で出発した。聞きなれない新しい職業を初めに応援してくれたのは文化人と呼ばれる人たちだった。文化人に人気が出ると印刷会社が気にしだした。サービスでしかやらなかったもので金がとれることが分かったようだ。経営の苦労はほとんどしなかった。楽しく時が過ぎて15年後には全国主要都市に子会社を10社展開していた。私は退職したが、40年経過した今も存在している。

その間デザイン会社はどうなったか。儲かりすぎがあだになった。銀行屋と結託した不動産屋に騙され、投資と称して長いローンを組んで土地やらマンションやらを買わされた。お金の使い道が分からなかったのだろう。間もなく不景気が訪れて不動産価値が下がり借金地獄が待っていた。

パソコンが登場してＩＴが進化し、デザインは誰でもできる時代が来た。デザイン会社のほとんどが消滅した。クリエイティブスタッフの数は激減してもとのＳＯＨＯという個人営業に替わっていった。印刷のＩＴ化が進んで手作業の版下もなくなった。

東京の編集会社は出版社の下請けバイアス型で不況に弱い。地方の編集会社は総合レフレックス型で好不況に左右されない。効率による低価格を追求して求められる職業として成長した。そのためグラフィックデザインよりもずっと市場が広かった。浪費するほどのお金が儲からなかったので生きのびた。しかしＩＴやＡＩが進化すると存在価値が薄くなる。新たなサービスを開発しなければ時間の問題かもしれない。

※

私が選択肢に編集業を挙げた理由を記しておこう。日本を打ち負かしたアメリカがたいへん好きだった。西部劇が好きだった。経済界でアメリカは常に日本を10年リードしていた。今もそうだ。

過去の栄光

過去は小さな踏み台に過ぎない。栄光は踏み台にはならない。自分から過去をひけらかすのは進歩しない人間の空威張りだ。他人の過去を褒めるときには現在をおとしめてはならない。この言葉を遣うときには深い配慮が必要である。「過去の栄光を笠に着て」は遠慮なしに遣える。

※

私の仕事は社史記念誌の編集ディレクターである。いつもどこかの会社の社史をつくっている。社史は背が厚ければ厚いほど誰も読まない。背が厚ければ厚いほど過去の栄光が沈んでいる。制作の終盤に近づいて、編集とレイアウトを終えたとき、いつか手に取ってくれるかもしれない数人をイメージして、社史にふさわしい重厚な装丁デザインを考える。あるとき「社長、背文字の色は何がご希望ですか」と質問した。社長から金言が返ってきた。「俺の実績は金だろう」。私はそれを額縁に入れた。

戦後、半世紀にわたる好景気の波に乗ってたくさんの会社が創設された。カタカナ名の会社が一気に増えた。社名にゴールドを冠した会社はシェア一番を目指したのだろう。一方シルバーとネーミングする会社も多かった。これは二番手でもよいという意味ではなく、日本人には「いぶし銀」つまり「渋い味わいを」求める心も存在した。ちなみに私が10番目に起こした会社には「プラチナパワーズ」と命名した。

正義で悪をやっつける

偶然以外ほとんど不可能だ。悪をやっつけるには悪の力が必要である。そして悪は必ず復活する。ハッピーエンドを前提にした嘘つき語である。少し前まで「正義」の意識は全人類だいたい同じだった。アメリカ西部劇の正義感は日本人に通じた。００７の正義感、赤穂浪士の正義感、はては「おしん」の正義感までが世界中の人々に通用した。

今ネット社会になって正義感が揺らいでいる。地に落ちたといった方が正しい。安易に他人に送信できたり拡散できたり、若者だけにとどまらずいい歳の大人まで恥も外聞もなく悪をばらまいている。人類が正義を取り戻すのは何時になるのだ。システムをつくったやつらよ、そんなことぐらい初めから分かっただろう。ＩＴ巨大企業どもよ、お前らはシステムを持って第二の地球へとっととテレポートしろ。

がんばって！

いわれたくない言葉だ。合格したいとき、優勝をかけているとき、一体どうしろというのだ。無責任語の代表格である。かつての「露営の歌」というのを知っているか。「勝って来るぞと勇ましく、誓って故郷を出たからは、手柄たてずに死なれよか、進軍ラッパ聴くたびに、まぶたに浮かぶ旗の波」「弾丸もタンクも銃剣も、しばし露営の草まくら、夢に出て来た父上に、死んで還れと励まされ、さめて睨むは敵の空」これを歌って出征した兵士のほとんどが殺された。無責任語が今に移っていることに気づけ！自分が死にそうなとき、がんばってといわれたらどうしたらいいのだ。

※

「がんばらない」は私のモットー、座右の銘というよりも自分を表現するときの花言葉にしている。私は四半世紀を三つ健康に生き延びた。風邪はひかない、病気になったことは一度もない。

私は坊ちゃん育ちで遊び相手がいない肌の白い子どもだった。ドッジボールの時間、体格が私の倍ほどもある女の子がもやしのような私を的にした。受け止めると息ができないので逃げるしかなかった。鉄棒の逆上がりはとうとうできなかった。泳ぎができないまま中学生になった。偏平足なのでハードルは全部蹴飛ばした。サッカーの時間になって走るのが嫌だといったらゴールキーパーにさせられた。飛んでくるボールはガードせずに全部逃げた。運動をしなさいといわれた。勉強をしなさいといわれた。どちらもがんとしてやらなかった。

私は運動をしないまま20歳になった。学生運動が華やかなころ、ゲバ棒を持つのがばかばかしく、そちらの運動にも参加しなかった。自由が丘駅近辺をぶらぶらしていたらビリヤードの看板が目についた。入ってみた。ビリヤードとゴルフはスポーツではない。止まっている球を打つゲームである。筋力も運動能力もあまり必要がない。がんばらない私にはうってつけのゲームだ。それを50年以上続けてしまった。

ビリヤードには二つの種類があって、テーブルに穴があるポケットビリヤードはガキの遊びだ。私がやるキャロムビリヤードには穴がなくボールは3個だけで、ポケットよりも百倍の技術力が試される。四段になってプロアマ混合のオープン戦にはほとんど出場した。今の目標は毎年スウェーデンで行われている「世界シニア選手権」への参戦である。

試合に行く前日にはみんなが「がんばって！」と応援してくれる。「おう」と答えるが、がんばるとは何をすることなのかよく分からない。ショットの瞬間は気持ちを静めて力を抜く。がんばると球は当たらない。「がんばらないで勝つ」それが私のがんばりなのだろうか。

テレビは運動しろとやかましい。しかし私は運動を全くしないで75歳になった。55年間大酒を飲んでいる。体調は若いときよりも安定している。医学の進歩に乗って１２０歳まで生きるかもしれない。いや死なないかもしれない。大昔、仙人という不思議な生き物がいた。運動はしないのに生命力は抜群だった。最近はそんな心境である。

※

私のがんばらない理念にぴったりの男を紹介しよう。今人気が上昇中の相撲取り「朝乃山」である。彼は25歳、富山市にある呉羽中学校を私から丁度50年後に卒業した。22歳で初土俵、23歳で新入幕、今年の5月場所で前頭八枚目なのにフロックで幕内優勝をしてしまった。この原稿を執筆中の今は9月場所で前頭二枚目だが、昨日横綱鶴竜を破って初金星を挙げ、今日は大関豪栄道に勝ってしまった。

ほとんどの力士が悪役顔の中で彼は数少ない善役顔。土俵に上がるときは勝つぞ！という気迫を見せないし、見るからに強そうではない。だから解説の親方たちからはあまり注目されない。ハーハーインタビューを受けると「負けてもいいから前に出る」を連発する。やる気のない表情が私のがんばらない理念にぴったりである。新宿のカラスは足をドンとやっても一歩しか下がらないがあれと似ている。

彼が生まれた村は、私のかみさんの晶子が生まれた村で、彼はそこの小学校の「太刀山道場」で相撲を始めた。今から１００年前に９回優勝した伝説の横綱太刀山は同じ村の出身だった。

相撲界の親方たちは稽古に励まない力士を徹底して見下す。もしもがんばらないイメージの朝乃山が横綱になるようなことがあれば、私のがんばらない理念が三歩前進するかもしれない。朝乃山よがんばるな！

加齢臭

人間の体臭は年を取るにつれて臭わなくなっていくものだ。自分のひどい体臭を知られたくないやつが老人にすり替えて「加齢臭」という言葉を遣う。動物の体臭は若いほど強い。女子高生の横に並んでみなさい。頭から発する臭いは周囲５メートルに漂っている。

最近、コマーシャルで「加齢痛」というのが出てきた。加齢というのは印象が悪い。発音も気に入らない。年寄りに対して無礼だ。もっと敬意を払って「尊齢」にしなさい。「尊齢臭」「尊齢痛」格好がつかないか？

最近、どこかの福祉施設で「好老」という言葉を遣い始めた。「好老臭」「好老痛」この方がいいのかも……。

余生

何と不様な言葉だろうか。現代に最もふさわしくない言葉だ。金もないのに余った人生など誰にあるのだ。人類の文明が急速に進化しているのだから「老人力」こそが世界をつくることに気づけ。

政治や行政は人の生き方を勝手に決めてから行動する。それを世間が真に受けて常識にしてしまう。「余生」という言葉と「生涯現役」という言葉をなくしてからものを考えろ。

〔第二部〕　こんな言葉は笑っちゃう

侍の精神

「武士の魂」ともいう。作家が状況をうまく説明できないときに遣う言葉である。忠義というスローガンに嵌められて得るものがないのに殿様のために死んだ男？　実際にはそんな侍はいなかった。人を殺すための刀を腰に差していたやつらだ。人殺しの精神なんてあってたまるか。武士道といったやつらもいた。人殺しの道なんてあってたまるか。こんなあってはいけないものをスポーツに利用したやつらがいる。笑っちゃうよ。

スポーツに精神というものがあると思うのならメディアで公開するな。勝手にひっそりとやれ。テレビをつけると四六時中腐るほどスポーツが出てくる。あれはお化け屋敷と同じ見世物だ。サーカスはスポーツよりも優れた才能が求められる。彼らは精神などとは一言もいわない。見世物だと割り切っている。立派だ。

侍を強いものだと決めて映画やドラマをつくる連中がいる。大きな間違いである。侍は弱いから威張っていたんだ。弱いやつが威張るのはいつの世も同じだ。弱いから無礼打ちなどという狂った行為を正当化した。強ければそんな必要はなかった。行列の前に見物に出た外人を切り殺したばかがいたろう。赤毛の外人がよっぽど怖かったに違いない。

侍の精神というものがなかったことを証明した作家たちがいる。藤沢周平や池波正太郎が代表格だ。彼らの作品の多くは侍たちを「ふぬけ」として扱った。戦国時代は男たちが最も生きがいを持った時代だった。百姓だろうがなんだろうが実力次第でどこまでも出世ができた。天下を統一した江戸幕府は支配を楽にするために藩制を敷いて士農工商の身分制度をつくった。武士たちを上位に置いて人民を管理させたのだが、結果として武士たちから生きがいを奪うことになった。彼ら自身もばかでもできる仕事と受け止めて自らを「ふぬけ」と自覚した。

武士たちは常に目線を上に向けて、お上のため殿のおんためとうそぶき、自分の利益だけを優先した。現在のサラリーマンと同じだ。サラリーマンの原型を江戸幕府がつくった。現代ではサラリーマンの精神とはいわない。もしいったらそれは軟弱精神またはごますり精神という意味になる。

「水戸黄門」の映画が最初につくられたのは１９１０年、テレビ化されたのが１９５４年である。１００年以上が過ぎているのに人気が落ちない。あの中で侍たちをどう扱っているか。常に登場する悪徳商人は知能犯だが、悪徳代官は完全なばかだ。配下の侍たちは何んにも考えずいわれるままのあやつり人形、これが侍サラリーマンの実態だ。なにが侍の精神だ。

※

江戸幕府がふぬけの侍たちをつくった流れが太平洋戦争までつながり、日本を崩壊に導いたことを次に記す。

江戸開幕から80余年、平和にあきた人々はみんなでばかをやり始めた。侍たちでいえば「お犬さま」だったり「松の廊下事件」だったり。庶民はといえば元禄時代に象徴されるいろいろな大騒ぎだ。歴史学者どもはそれを恰好よく文化だというがとんでもない。平和が続きすぎるので狂ってしまった日本人の姿である。それは戦後70年あまりが過ぎた今とそっくりの姿だ。平和ボケとネット狂乱社会がどこまで続くのだろうか。江戸時代に当てはめればさらに180年続いた。

江戸末期、浦賀沖に黒船が来たのは特別のことではなく、大航海時代が始まって400年以上過ぎていたのだから当然のことで、すでにたくさんの外国船が日本に来ていた。自分たちのだらしなさにあきあきしていた侍たちがテロリストと化して行動を起こしたのは遅かったといえる。

明治維新というきちんと定義できる出来事は実際にはなかった。黒船が来て幕府があたふた慌てだしたのが1853年、王政復古を宣言して明治政府ができたのが15年後の1868年、西南戦争などのごたごたを抑えこんで国会が始まったのが13年後の1881年。この約30年間に起こった出来事をひっくるめて便宜上明治維新という。これはマンネリ化した江戸幕府が明治政府に代わっただけで、日本がよくなったわけではない。

この間に目立った活動したやつらのほとんど全員がテロリストである。りゅう馬かりょう馬か知らないがやつの行動を見れば明らかにテロリストである。それを「勤皇の志士」などとぬかしたのはどこのどいつだ。テロリストを紙幣に印刷した国は日本だけだ、恥を知れ。

さらにテロリストたちは大日本帝国なるものを押し立てて征服者と化してゆく。日清戦争、日露戦争、第一次世界大戦、三度の戦争に勝ったことで頭が狂ってしまい、世界制覇に手をつける。その結果は当然という言葉がぴったりのおそまつさだ。何百万人の国民を殺して日本を滅亡に追い込んで終結した。こんな無能の連中が我々の先祖であったことを何と思えばいいのか。屁理屈をつけて美化しようとする歴史学者や政治家たちがいまだに絶えないとすれば実になさけない。

日本は二度アメリカに助けられた。一度目は黒船だ。ふぬけの侍たちが自滅の道を歩んでいるとき、庶民は外国の文化を取り入れて古来の日本文化と融合させ独自の生活文化をつくっていった。食べ物をはじめとして頭髪や洋服、書籍から学問の世界まで一気に花が開いた。

二度目は太平洋戦争だ。アメリカは日本に巣くっていた悪霊どもを一掃してくれた。そして仕掛けた朝鮮戦争が内需を呼びこみ、その後40年間にも亘る好景気によって世界一裕福な民になることができた。

山あれば谷ありの自然の摂理によって、日本は三たび谷底へ向かっている。二度あることは三度だとすれば、アメリカはどのような方法で日本を救うのだろうか。私はこれまでと同様に想像を超える手痛い方法だと思う。生きている内にそれを見とどけたい。

※

侍の精神というものはない。あるとすれば日本男児の精神である。正義感が強い、弱者をいたわる、自ら前に進む、家族友人を大切にする、義理人情を大切にする。何よりも人命を第一に考える。そういう人たちがひっそりといたかもしれないが、４００年間表に出られなかった。若者たちよ、スマホにつかまっていても前には進まないぞ！

やまとなでしこ

何にもしない女。辞書には「日本女性の美称」とある。ほんまかいな。美人であることが絶対条件。凛として清楚、しぐさを美しくおしとやかに、賢さを内に秘めて出しゃばらず、しゅうとしゅうとめには口答えをせず、泣いてもいいけどわめいたりせず、旦那よりも三歩後ろをしずしずと歩く。付け加えるとうんちをしてはいけない。もちろんおならは厳禁だ。

こんな女たちをつくったのはふぬけと化した侍たちだった。どこからこんなありもしない女の姿が出てくるのか想像すらできない。やっぱり侍たちは人ではなかったのかもしれない。やまとなでしこをスポーツに利用したやつらがいる。笑っちゃうよ。何を考えているのだ。

ちなみに日本名は「撫子」、中国から渡ってきたものが「石竹」、フランスで改良したものが「カーネーション」だそうだ。

ギャー〜

近くのどこかの国で女優になるには泣きわめき方が上手であれば誰でもなれる。短いドラマでも同じやつが3回は泣きわめく。1回いくらもらえるのかな。世界中どこを探しても泣きわめくのは子どもだけのはずだ。この民族は根っからの幼稚民族なのかもしれない。

※

最近日本でも卓球の最中にわめくやつが出てきた。猛獣気分なのかもしれないが、バッカみたい。強い猛獣は吠えないものだ。

※

注文したものと違うものが出てくると直ぐにわめくやつがいる。ほかのことでも直ぐわめくのだろうが、よっぽど臆病で気弱なやつだ。「負け犬の遠吠え」ということわざを知れ。負け犬は怖いものから離れて吠えたてるから遠吠えとなる。狼のウオーンというやつとは違うのだ。

私は注文と違うものが届いてもよっぽどでなければ気持ちよく食べる。鬼の首をとったように店員を攻め立てるのはブスの女に多い。店員に指導をしてよいことをしていると思っている顔つきと、もののいい方がいかにも下品だ。私がなぜ返品しないかというと、思いつかなかったものもいいかと思うのと、なぜ間違ったのかのプロセスを考えるのが面白いし、それでお酒が美味しくなるからだ。


(なめられていることに気づいていない上司、えらそうに)

「言い方が違う」

(私)「はい認めます」

こんなやつがどこにでもいる。指導力を発揮していると思っている。それが正義だと思っている。かわいそう。

（なめられていることに気づいていない上司、えらそうに）

「お願いしますと言え」

（私）「お願いします」

こんなやつがどこにでもいる。指導力を発揮していると思っている。

それが正義だと思っている。かわいそう。

エー〜ッ

日本でテレビに出るには、エー〜ッを練習しなければならない。かつて拍手をおこすとき、おかしなやつが腕をグルグル回した。これと似ている。

一つの番組でも10回ぐらいさけぶやつがいる。女っぽい男以外は全部女だ。

一回いくらもらえるのかな。「ここでエー〜ッをさけぶ」と台本に書いてあるのかもしれない。

おいじ〜ぃ

テレビ全局でこの言葉をわめく女が毎日何人いるのだろうか。１００人は下らないような気がする。何かを食べたら叫ばなければならないと思っているので表情も様になっていない。そろそろ何か別の言葉と違う表情を考えられないのだろうか。台本を変えろ。

日本人だけでなく世界中の人々も、美味しいイコール甘いと思っている節がある。テレビでは「おいじ〜ぃ」「あま〜ぃ」と続ける。外国でもそうなんだろうか。かつては美味しいものは決して甘いものではなかった。

※

私は富山のど田舎で山菜と青魚を食べて育った。裏の竹藪でたけのこを掘った。そこにふきと茗荷が自然に生えていた。近くの野山では、わらび、ぜんまい、ふきのとう、よもぎ、山うど、山のきのこがたくさん採れた。父と山に行くのが楽しみだった。たくさん持って帰って、おばあちゃんの喜ぶ顔が早く見たかった。

山菜はアクを抜くと美味しくないので、今でもアクを抜かないで料理する。小いわしは生酢にして味噌をまぜた大根おろしで食べるのが最高だ。富山湾のぶりは、つばいそ、ふくらぎ、がんど、ぶりと出世するが、30センチメートルほどのあぶらが乗っていない「つばいそ」の刺身が美味しい。羊の肉が大好きで臭みが強いほど食欲をそそる。鯉、どぜう、ナマズもよく食べた。雷魚まるごとのから揚げをもう一度食べたい。これらの中には甘いものは一つもない。それが食べ物というものだ。

私は常に熟れていない果物を探す。出荷するひと月以上前のカリッと音がする硬いモモはすっぱくて美味しい。緑色のバナナは酸味と渋味がちょうどよい。シルクロードを旅したときハミ瓜に出合った。歯ごたえがシャリシャリしていて柿の味がした。甘くないので世界一美味しい果物だと思った。最近日本でそのハミ瓜を探した。現地から直輸入というのがあったので買ってみた。届いたものを食べてがっかりした。甘くてとても現地からのものとは思えなかった。問い合わせると日本人向けに甘く品種改良しているという。日本人がばかに見えた。

もう一つ挙げておきたい果物がマッカウリだ。正式にはマクワウリといってメロンの原種だ。裏の畑でもつくっていた。甘くなくて美味しかった。西日本ではこれをキンウリという。たのむから甘くするな。

子どものころまで私の家は代々製茶業だった。裏に茶畑が広がっていた。春になると一番茶二番茶三番茶と胴輪を肩に掛けてお茶つみを手伝った。工場では村人が手もみで製茶をした。酒の大樽が置いてあって飲み放題になっていた。みんなはお茶をバリバリかじって酒を飲んだ。

私は今でも苦い日本茶が飲みたい。スーパーには美味しいと書いたお茶しか売っていない。店員に聞いてもたくさん並んでいるお茶を説明できる人はいない。メーカーに問い合わせた。「青柳」という安いお茶を沸かした湯に長く浸けるのだそうだ。やっと苦いお茶を飲むことができた。

胴輪：藁で編んだ円筒状の農具

私の窯には神が宿る

人間国宝といわれる陶芸家のテレビコマーシャルだ。そういって人を欺くのか。あんたは無用の人間か。神様が焼くのならあんたはいったい何をするのだ。それとももうろくしたのか。これはたぶん仕事を依頼された頭の悪いコピーライターの仕業だ。チェック能力がないコマーシャル会社の手抜きである。同時に発注した側の手抜きでもある。

オリジナル性を追求しなければならないクリエイティブワークにサラリーマン根性が入り込むとこんなことが起こる。仕事は利口に、スマートに、スピーディーにがサラリーマンのスローガンであり、その心は会社より自分を優先することである。

企業とクリエイティブサービス業との通常の取引は、総務課、広報課、企画課などで行われる。そこではサラリーマン根性がクリエイティブの行く手をはばむ。発注側は完成までの時間を優先する。クリエイティブレベルを受注側の能力に任せる。双方のサラリーマンは仕事を流すことを優先して自分で考えたり悩んだりはしない。仕事をしているフリをしてクリエイティブを放棄した結果がこのお粗末なコピーになる。

※

私の仕事は年史ディレクターといって社史や記念誌の編集を手伝いしている。ディレクション作業は企業のトップである社長と直接話をする。サラリーマンの社員は社長の心が分かっていない。無駄であるだけでなく、間違ったものができてしまう。

私は十分な時間をかけて下調べをしてアイディアのレベルを高める。それを脇に置いて提出はしない。一歩手前の分かりやすいものを提出する。そこでは最終アイディアに行き着く道筋が分かるようにしておく。社長が自ら最高のアイディアに到達すれば成功である。私の最後のアイディアと社長のアイディアを対比すればさらに前進できる。

サラリーマンは自分の会社が優秀な専門家であると胸を張って仕事を

する。クライアントが専門家であることを忘れている。自分が出しゃばるのではなく、クライアントが自らアイディアを引き出すように誘導するのが正しい仕事の仕方である。

※

もう一つ、お粗末なサラリーマン根性を紹介する。

専門性の高い長文の作成を依頼されたとしよう。クリエイティブ制作会社は雑多な仕事をするので専門ライターを用意していない。必然的に専門ライターを外に求めようとする。発注側は「これを書けるやつはいるか？」と専門性を強調する。受注側はてんやわんやで専門ライターを探す。最高の専門家はクライアントであることを忘れている。

専門ライターが見つかったとする。彼は自分の経歴に自信を持っている。自信過剰な思い込みで勝手な判断が多くなる。その結果はクライアントからズタズタの赤が入ったり、大目玉を食らうことになる。双方のサラリーマン根性が起こすお粗末である。

どうすればいいか、答えは簡単である。その専門分野に一度も関わったことがないライターを採用すればよい。ただし文化系ではなく理科系のライターに限る。クライアントの要望を素直に書き、分からないことは徹底的に調べる。その姿勢は理科系に多い。知らないことはいいことだ。間違っても一向に構わない。専門家はクライアントなのだ。失敗を恐れるサラリーマンにはこの心は理解できない。

※

名門ゴルフ場の30年史を手掛けたときのことである。30年という月日はハゲ山を立派な森に変える。木々の成長や池の変化に合わせてコースも自然に姿を変える。そこには「コースづくり」の理念が詰まっている。支配人は私に「俺を取材して執筆をするライターにはゴルフを全く知らないやつを担当させろ。生半可に知ったかぶりをするやつを連れてくるな」といった。私はこの金言を額縁に入れた。私はこのときから専門性のレベルを使い分けることができるようになった。

ご先祖様を大切に

ある墓石屋のテレビコマーシャルだ。あんたにいわれる筋合いはない。どうしろというのか。説明もできないことをいうな。これも前項と同じく無能なコピーライターの仕業にちがいない。

作家と芸術家

猫も杓子も「家」を付けたがるが、自称であり職業ではない。経歴詐称に近いものだ。公にするべき人格ではない。一つの優れた作品に対してだけ、彼は作家かもしれず、芸術家かもしれない。駄作を同列に並べるな。死んでいるなら少し許せるが、生きているなら、「屋」か「人」にしなさい。作屋、作人、芸術屋、芸術人、これでは恰好がつかないか？

※

県庁からの依頼で公園の一角に石のモニュメントをつくった作屋がいた。彼は石屋の息子だった。自分の名前を恰好よく刻みたい。そして片隅に「ストーンアーチスト」と刻んだ。彼をとやかくいうのではなく、誰もがかっこよくつけたい肩書の例として示した。

肩書をカタカナで恰好よくすると職業ではなく自称になる。そして訳が分からないものになる。私はそんな名刺をもらうと、この人は自分を恰好よく見せることが優先で、将来性のある真面目な取引をする相手ではないことを知る。

私は自分の肩書を職業と呼ばず仕事と表現している。肩書のことを英語では「タイトル」という。我々編集者にとっては違うカタカナであってほしいのだが他になさそうだ。書名、題名、字幕、肩書、選手権、所有権、全部が英語でタイトルである。トホホだ。

宗教と神様

「神様の最大の失敗は人間をつくったことかもしれない」アメリカ映画にときどき出てくるせりふだが、人間と神様を入れ替えると分かりやすい。西洋でのある日曜日、人々が教会に集まってお祈りをしていた。そこに大きな丸天井が落ちてきて全員が押しつぶされた。これはたくさんある本当の話だ。「神様は留守だった」とふざけるやつもいる。

21世紀の今、先進国で神様を利用してメシを食う連中は捕まらない詐欺師たちだ。絶対に許せない。かつては民心を操って風習や習俗をつくり出し、一部の連中は経済をも動かした。今は法人や学校という公共性を盾に原点とのズレを隠し、人の心を操ることで金に換えている。

※

いにしえの日本人は神様の演出が実にうまい。「神様」とは、鎮守の森にひっそりと閉じ込めておくべきものだ。神様の背景は荘厳でなければならない。神様を人におしつけてはいけない。それに比べて外国人の神様表現は荒っぽい。人目を引こうとしてはりつけだったりきらびやかだったりお祭りさわぎだったり、なじめないものばかりだ。

※

村々や町々には古い時代から寺があった。そこに世襲の坊主がひっそりと巣くっていた。昔の坊主は檀家の世話をしながら教育者としての一面も担っていた。社会が変わって学問が教育として進化してくると坊主は経を読むだけの役割になった。ぺこぺこしてお布施をもらうのはプライドが許さない。あとは偉そうに威張るしかなくなった。

父の葬式のときだった。私は喪主なのに大勢の弔問客の前で畳にあぐらのままお経を聞いていた。膝が痛くて正座ができなかったのだが、まあいいだろうという気持ちだった。今でいえばビジネススーツにノーネクタイという感覚だ。坊主が扇子で私の足をつついて「正座しなさい」と小さくない声でいった。私はだまって席を立ち奥へ下がったまま戻らなかった。

翌日坊主を出入禁止にした。

※

私の家は浄土真宗だった。西か東かは知らないし、浄土真宗がどんなものかもよく知らなかった。しかし金きら金の大きな仏壇がろうそくの火や線香の煙で毎日変化するのが面白く、眺めるのが好きだった。

１９７５年昭和50年のある日『真宗王国』という本を出版したいという仕事が舞い込んだ。私は小さな地方出版社を開業したばかりだった。県内の大きな寺の坊さんが五人で執筆したものだった。浄土真宗が勉強できると思って編集に力が入った。県内と近県の書店に配本して２週間ほどたったときだった。赤字がいっぱい入った一冊の本が届いて、直ちにすべての本を回収しろという文面が表紙に貼り付けてあった。坊さん編集委員会の指示を受けてすべての書店からその本を回収した。同和組織と仏教組織との対立をそのとき初めて知った。坊さんたちは脅えていた。

※

故郷の神社の石垣に私の名前が刻まれている。同級生で厄年のお祓いを済ませたという記念碑である。そのとき初めて「二拝二拍手一拝」という作法を知った。新年のお宮参りは毎年欠かさず家族を連れて行っている。しかし私は神様に一度も手を合わせたことがない。私には祈るものがないからだ。祈るものがあってほしいと思ったことはない。

※

富山の田舎に空き家の自宅を残してある。先祖代々の仏壇と神棚がそのまま放置してある。かつては「おぼくさん」といっておばあちゃんが毎日小さなご飯を供えた。正式には「お仏飯」という。神棚には毎日水をあげるのが習わしだった。おばあちゃんが死ぬと何時とはなしにそれが途切れてしまった。家を守るという感覚が消滅してゆく現実である。

最近、古くなった仏壇が外国人に人気だそうだ。細かく壊して装飾品に加工するらしい。

先祖代々の墓も草がぼうぼうのまま放置してある。本書110頁で「ご先祖様を大切に」というテレビコマーシャルを非難した。少し複雑である。

※

今から１００年ほど前、明治政府が北海道開拓移住を推進したことがあった。当時北陸地方では貧乏な村が村ごと新天地を目指した。その村の墓はそのまま放置された。時が過ぎてその墓の上に高速道路が通った。そこが交通事故多発地点になった。車が近づくと火の玉が飛ぶという。

※

私は家族も親戚も日本も世界も宗教べったりの中に産まれた。宗教って変なものだなと思いながら大人になった。相変わらず戦争を続ける宗教、いつまでも人間の心を納得させられない宗教。今は世界中が宗教のでたらめを見破り、ほとんどの人が脱宗教の世界に生きている。生命科学が進歩しても永遠のミステリー「生まれ変わる」ということだけが心に残る。

私は裏日本という空が暗い地域で育った。釣りをするときは太陽を背にして北向きの流れに糸を垂らした。明日に向かう先は何が何でも明るくて温かい南の空だった。18歳で表日本の東京に進学した。

大人になって事業展開が思うようにできたので、名古屋、大阪、広島、福岡へと進んだ。次は北半球から南半球へ、赤道を超えて北にある太陽をにらめないものかと能天気に静思している。といっても私は75歳だ。何かに生まれ変わりたくはないが、もし生まれ変わるのなら、太陽が北にあるニュージーランドで、東海岸に注ぐ小さな川の河童がいい。

困ったときの神頼み

篤い信仰心

何のこっちゃい。そんな心を持った人間がどこにいるというのだ。人の心を縛りつける宗教と、片方で自由をさけぶ心が同居できるわけがないだろう。おかしいと思わないのか。困ったときの神頼み、苦しいときの神頼み、いつの時代も永遠に人間はそこまでなんだよ。

敬虔な信者

意味不明の言葉だ。いい言葉だと勘違いして遣うと、人間への懐疑心、人間への冒瀆を意味する。人はそんな汚らわしいものではない。人はただの生き物だ。

〇〇教の学校へ行っていたから善意の人

ときどきテレビに出てくる言葉だがこいつ本気か。しゃべっているやつとしゃべられているやつ両方ともを信用できなくなる。〇〇教と××教を比較して順位をつけようとしているのだろうか。心とか善意とかに順位があると思っているのだろうか。

どんな仕掛けだ？

魂が救われる

嘘のような笑ってしまう言葉だ。何を意味するのか分かる人がいるとはとても思えない。影も形もなく、あるかどうかも分からないのが魂というものだろう。それをどういう仕掛けで救うのだ。

棒はいくつ用意する？

心の支え

映画やドラマは主人公の心は美しいものという前提でつくる。社会生活は人の心は汚いものという前提で行動する。心というものが分からないのにどうやって支えるのか。心が変わるとつっかえ棒も取り換えなければならない。その棒を何本も用意しておかなければならない。

※

心は支えるものではなく醸すものである。醸すとは酒などのように時間をかけてつくり出すことをいう。

富山県に「みゃぁらくもん」という人の心をあらわす方言がある。富山は三方を山に囲まれ一方は海、入ることも出ることもできないと昔の人はいった。富山平野の中央に呉羽山丘陵が海に向かって伸び、関東と関西の文化の境界をつくっている。呉東の人々は美しく連なる立山連峰を前面に見て気持ちは東京に向いている。呉西はすぐ隣が金沢ということもあり、なんとなく関西のにおいがする。この呉羽山の西側で少数の人々に知られるのが「みゃあらくもん」という美しい響きの方言である。

「あのみゃあらくもんが！」とか、「あの人はみゃあらくもんだから……」と会話に出てくる。周囲の目を気にせず気ままに生きる人、楽しい場所にはいつも顔を出す人のことである。本人の広い学識は人を飽きさせないが、本業をおろそかにして遊びまわる役たたずでもある。といっても道楽もんではなく、極楽トンボでもない。憎めないので、その人を指す後ろ指には、自分もあんな風になれたらといううらやましさが込められている。勤勉な富山県人、裏を返せば貧乏暇なしの富山県人からすれば憧れの存在だ。

語源は「見歩く者」とか、「身が楽な者」とかいわれるが定かではない。日本全国にも見当たらないこのニュアンスの言葉がヨーロッパにあった。ラテン語の「エピキュリアン」である。「洗練された官能的快楽主義者」と少し無理な訳し方をするが「みゃあらくもん」に近いようだ。

人類が果たす役割

人類は誰のために役割を果たすのだ？　出会うかもしれないエイリアンのためか。科学が進歩して人類の滅亡と地球の消滅がすでに分かっているのだから役割なんてないのだ。

人間のルール

これを羅列すると笑えるものがてんこ盛りだ。だからやめておく。

人生の汚点

あんたは数えられるか？　普通は数えきれないよな。ほとんどを忘れてしまっているはずだ。先生に叱られた回数、喧嘩で負けた回数、失敗した回数、彼女に振られた回数、仕事がうまくいかなかった回数、などなどだ。

誰にでも限りなくあるものが人生の汚点である。たとえ忘れられないことがあったとしても、それがあって今がある。それを汚点とはいわない方がいいのではないか？

不徳の致すところ

「徳」とは何かを知っている人はいない。「徳」を知らないものは「不徳」も知らない。よくぞこんないいわけ語を平気でいえるものだ。そんなに自分をかっこよく見せたいのか。初めから自分を「ばか」だと正直にいえ。

家族との時間は貴重だ

思いっきり笑ってしまう言葉だ。どんな風に貴重なんだ。家族はお互いに仕方のない存在である。あんたの子どもに産まれたくて出てきたのではない。自分の子どもは特別だ。たいがいは欲しくてつくった。「子どもとの時間は貴重だ」とあなたが思っても子どもは思わない。

お腹を痛めて産んだ子

何がいいたいのだ。何を気取っているのだ。普通にいえよ。仕方がなく産んだのか？　欲しくて産んだんだろう。押しつけがましくいうんじゃないよ。産んで欲しいと誰が頼んだ。

※

私には長男と長女がいる。「勉強をしなさい」とは一度もいわなかった。どちらにも一回だけ成績の理屈を教えた。成績を上げようと思うのは間違いである。自分の成績を順番でも点数でもいいから最下位まで落としなさい。そうすれば「なんだこんなことか」と最下位が分かる。あとは上がるだけだ。精一杯上がったところが本当のお前だ。それ以上をがんばる必要はない。これは子どものときだけにできる実験だ。

今の社会では学校の成績が悪いやつをばかだと思っている。頭が良くても成績が悪いやつがいっぱいいる。成績は偽物だと分かれ。

あんな息子に育てた覚えはない

あんたは記憶力最低の人間なのか。全部覚えているから後悔しているのか。ただ愚痴をいっているだけなのか。どちらにしてもあんたがやらかしたことなのだから口に出していう言葉ではない。

※

何があってもケセラセラ。私の息子の例を示そう。

息子は１９７０年富山市の我家の九代目長男として誕生した。どこか遠くへ飛んでいけという意味の名前をつけた。私はこのように育ってほしいという気持ちを持ったことがなく、こんな人生を歩んでほしいと思ったこともない。自立するまで金の面倒は見るつもりだった。

小学生のころミニバイクを買ってやったら中学生になってモトクロスを始めた。ある日頭から落ちたことが怖くなってサーフィンに変わった。

勉強をしろといわなかったので最下位の高校へ入った。その高校も2年生で中退した。東京へ行ってみるかといったら、高田の馬場の料理学校へ行きたいといったのでそのようにさせた。学校へは行かないで千葉の海岸でサーフィンをやっていたらしい。

その後は関東地方で住居を転々と変えた。どこでどんな仕事をしているのかを私は一切聞かなかった。サラ金から私宛に約５００万円の請求書が届いた。半分の２５０万円を払った。それから約10年が過ぎたが息子の状況は変わらなかった。富山に帰りたいといってきた。関東の暮らしにあきたようだ。東京に行かせてから息子に使った金は約４０００万円になった。

40歳になった息子が富山に帰ってきた。私の両親はすでに死亡し、長女は結婚して東京で暮らしていた。サラ金の借金は少しも減っていなかったので弁護士と相談してチャラにした。私は事業を全国に拡大していたのでかみさんと住居を転々としていた。富山の家で一人暮らしになった息子に仕事を聞くと繁華街でラーメン屋の店員をしていると答えた。

ある日家に帰ったかみさんが卒倒した。嫁入道具の桐箪笥2棹の着物が空になっていた。総額は約５００万円だったというが売値は10分の１以下だったと思う。かみさんは３日間泣き続けた。

１年ほどして私が家に帰ったとき座敷が何となく明るい。天井を見ると欄間がなかった。改築したとき父と２００万円で買ったものだった。他にもいろいろ高価なものが売り払われたが私は笑いがこらえられなかった。むしろよくやったと思った。遅かれ早かれいらなくなるものだ。処分するときはそれなりに悩んだはずだし、そこから知恵が生まれるだろう。

今49歳になった息子は二種免許をとって代行運転を始めた。代行運転という仕事は職業ではない。いわゆるフリーターだ。そしてときどき電話をしてきて「オレオレ、携帯が切られてしまうので2万円」という。私に向かってだけだと思うが30年間オレオレ詐欺を続けている。私はかみさんにときどきぼやく。「どこかの国があいつを拉致してくれていたらなぁ、俺たちどうなっていたのかな」。

※

私は息子からいわれること以外は何もしていない。私たち親子がジャングルの動物なら生き残るための何かを教えるのかもしれない。人間のこの社会は全てを自分で学べる社会だ。教えたことが裏目に出ることもある。50年を親の力で生きのびたなら、残りの50年を自分の力で生きていくのがこれからの人間ではなかろうか。親子であって親子でないのがこれからの社会だ。勝手にしろ。

泣いたら気持ちが楽になる

男はこんな言葉を遣わない。女が発する言葉だ。女々しい。私は天下一品の女性蔑視思考なので笑うしかない。「思いっきり泣きなさい」という語が前段につくのだが、泣いたら忘れるとか泣いたら気が済むとか、そんな能天気なアホはいない。慰めにもならない嘘つきの言葉である。

私は泣いた記憶がない。私は痛いとか痒いとかをあまり感じない。寒い暑いもあまり感じない。ある東洋医学の鍼灸師によると失体感症という病気の一種だそうだ。生活に影響はなくむしろ便利である。泣かないのもそのせいかもしれない。楽しい美しい汚いは人一倍感じる。忙しいとか遅れるとかは思わないことにしている。

祖母や両親が死んでも涙は出なかった。普段感情的な涙は出ないのだが、涙が出るドラマが一つだけある。水戸黄門である。印籠の場面ではなく、その後の締めの場面である。涙が出ないと「へたくそ！」といって作者をなじる。かみさんを老人ホームに入れて一人暮らしになったので独り言が多くなった。相撲が大好きなので必ず見る。立ち合いが遅くてのろい力士がいると「早くやれよ！」と独り言をいう。

※

最近一人で歩きながらしゃべっている若者が増えた。頭がおかしいのかと思ったらどこか見えないところにマイクがあるらしい。やっぱり頭がおかしいのだ。世も末だ。

※

話を10行前の水戸黄門まで戻す。読者諸兄は「うっかり八兵衛」の身分を知っているか？　ウィキペディアにも出てこないうっかり八兵衛の身分を明かす。毒見役である。

※

文頭の「女性蔑視」について一言。

「私は女性蔑視思考です」というとそれを非難するばかが必ず現れる。こっけいだ。テレビに素人玄人を問わず女の顔を出すとき、テレビは「男は度胸、女は愛嬌」を実践して女は決まって笑顔を振りまく。ぞっとするほど気持ちが悪いこともある。不自然に女を笑わせるテレビ局自体が根っからの女性蔑視だということに気づけ。分からないだろうな。

私は女性を同じ生き物だとは思っていない。人間関係、ビジネス関係、トラブル関係、あらゆる場面でオスとメスであるという思考で相手を見る。同じ権利を持つ人間同士とは思わない。その前提で女性に対しては優しくしなければいけないと思っている。相手が望めばのことであるが……。

若いころ一緒に歩いている彼女に聞かれた「あなたは女性とすれ違うときなぜいつも目線が胸に行くの」。答えなかったが母のせいだと思う。母は小学校の教師で物心がついた私を構うことができなかった。私はおばあちゃん子で育った。おばあちゃんのしわしわおっぱいはへその下まで垂れていた。優しいおばあちゃんは不思議な生き物だった。

女性は完璧な「男性蔑視思考」である。たくさんの例があるが女性専用車両などはその最たるものだ。化粧もファッションもすべてがセックスアピールである。無言で誘っておいて痴漢だと騒ぐ。痴漢が怖ければ鎧を着て電車に乗れ。

「女性蔑視思考」に立つといろいろなことが正しく見えてくる。メスとしての思考筋道を知ると分かりやすくなる。

現実逃避

「現実逃避」はありえない。現実は現実だ。「現実の逃避」「現実からの逃避」はある。次元を違えて未来になら可能である。

心が通じ合う

めったにないことなので気安く遣う言葉ではない。しょっちゅう遣うやつがいたらそいつの頭はぱんぱらぱんだ。心というものが仮にあるとしても普通は通じ合わない。

男と女は絶対に心が通じ合うことはない。これは動物界の真理である。恋愛に落ちる、結婚に落ちるとき、心が通じたと思ったら大いなる勘違いである。男同士は心が通じ合うことがある。壮絶な喧嘩をしてその後に仲良くなるのは心が通じた例だ。女同士のことは知らない。

過去を水に流す

つまらんことをいうな。もう流れてしまっている。

あなたの身勝手

数え上げたらきりがない。二つの例を挙げる。
新幹線の中で「座席を後ろに倒していいですか」と聞く女がときどきいる。決まって女だ。こいつは自分をいい人間だと勘違いしている。座席は倒すところまで料金を払っているのだ。わざわざ聞く必要はない。自分を善人と見せかけたい女の気取り語むだ語である。

「弁当を食べるので、座席を前にもどしてください」といったばか女がいた。「座席を倒す分の指定席料金を払っているからいやだ」と断った。

※

中山競馬場のゴンドラ席でのことである。直線に入る最後のコーナーを最上階から見る特等席である。ここでは四人がけテーブルに二人ずつが向かい合わせに座る。40人ぐらいの部屋が七つ並んでいる。レースを見るときは部屋の外側にある指定席に移動する。

普段は上品な客しか来ない静かな環境なのだが、その日は私の前にやたらと大声でしゃべる二人の無神経なばか者が座った。幼稚な競馬論議を切れ間なくわめきたてて自分が物知りだと見せつけている。まわりが迷惑をしているのにわざと浮かれているようだ。私は無言でウーロン茶のペットボトルを思いっきり二人の目の前にドン！とおいた。まわりの人がシンとなって、ばかな若者は姿を消した。

知らなかった自分に会える

　自分を知っていることの方がそもそも変だ。こんな格好つけは生まれたときから心がすさんでいる。私は知らなかった自分になど会いたくない。しかし「わたしは誰？」という言葉は少し気になる。年史ディレクターとして方向を示さなければならないときの指針に次の言葉を用意している。誰の作かは定かでない。

　私は、どんな人間か
　誰にも負けないものは何か
　私は、誰のために何をするのか
　何に一番力を入れたいのか
　私は、それを通して何を願うのか

恋に落ちる

最近、男女が好き合うと「恋に落ちた」といって、いい言葉だと勘違いして遣うやつらが増えてきた。「落ちる」とは落下する、垢が落ちる以外はすべて悪い意味の言葉だ。「恋に落ちる」は辞書の注釈部分にも出てこない。そんな言葉はないのだ。アメリカの不倫映画ファーリングインラブを日本語に翻訳したやつがこの造語の犯人だ。「恋におちて」と恰好よく余韻を残し、ひらがなでイメージアップを謀った。つまり感動の映画だよと観衆はまんまと嵌められたのだ。「語るに落ちる」「策に落ちる」も含めて未来の不幸を意味する言葉だ。

※

この言葉にぴったりの人物が私のかみさんである。名前を晶子という。この物語はかなり退屈だ。そして暗くて長い。読者諸兄は162頁までを読まないで飛ばしてほしい。テレビをつければ必ず映るスポーツだが、それが人間の体を壊してゆく現実を晶子の一生を借りてぼやく。もう一つは医者の事務的なずぼらさについても少しぼやく。

私と晶子の物語

私と晶子は中学の同学年

晶子とクラスが一緒になったことはなかった。学年は6クラスだったので顔も名前も知らなかった。しかし晶子は私を意識していたようだ。私の母が晶子の小学校の教師だったからだ。母は担任ではなかったが晶子のことを旧家の娘だと知っていた。

私は校内に知られる存在だった。最初の学力テストが３５０人中の２位だったこともあるが、それ以前に30人ほどの教師たちは私のことを知っていた。六三三制が敷かれて最初の美術教師が母だったからだ。母は２年後に小学校に移籍した。父が美術教師を引き継ぎ2年後に別の小学校に移籍した。その6年後に私が入学したので四つの小学校から集まってくる生徒たちのほとんどが私の父と母のどちらかを知っていた。

ゴール直前でばったり

中学2年生のとき運動会で7㎞ほどのマラソンが行われた。男子が先にスタートし、女子が同じコースを1時間遅れてスタートした。私は偏平足で走ることがいやな子どもだったのでやる気がなく、監視員のいないところは全部歩いた。最後尾でグラウンドに戻ると、女子が来るから早く走れとせかされた。私がゴールすると背中を押すようにテープが張られ、1着女子のゴールインに歓声と拍手が送られた。

続いて2着目が入ってきた。拍手しようとしたらゴールの直前でばったり倒れてしまった。起き上がらないのでゴールしないまま担架で運ばれていった。その女子が晶子だったことをずっと後になって知った。アレの最中だったのだそうだ。途中で棄権をしない晶子はそのころすでにスポーツ選手を目指していた。

すぐ向かいの高校だった

私は男女共学の普通科高校へ進学した。旧制中学の面影が残るその高校には、10年前まで私の父が通った師範学校が併設されていた。晶子は市電を挟んですぐ向いにあった女子高校へ進学した。その高校の前身は私の母が通った女子師範学校だった。偶然というか巡り合わせというか私と晶子が通った校舎に、私の両親が通っていたことになる。

私も晶子も朝は2キロメートルほど歩いて国鉄呉羽駅から汽車に乗った。富山駅までひと駅だったので満員で扉が閉まらず、デッキにぶら下がることもしばしばだった。トンネルに入ると顔に黒い煙のススがいっぱい付いた。富山駅から市電に乗り換えて約30分の所に高校があった。毎日同じコースを3年間通ったのに私は晶子を知らなかった。でも晶子は私を見ていたという。私に1学年下の彼女がいたからだ。いつも二人一緒に市電で帰るのをときどき見られていた。また、私は美術クラブ六人のなかよしサークルを仕切っていた。高校近くの今川焼き屋がたまり場だった。それも知っていた晶子はストーカーをやっていたのかもしれない。

晶子は岡山国体へ

晶子は六人姉妹の三女で、末の七人目が長男だった。三女は親から最も無視される存在なので、成長するにつれて勝気が強くなっていったようだ。晶子は女子高校でハンドボールを始めた。2年生のときに県大会で優勝して岡山国体に出場した。楽しかったと思う。誇らしかったと思う。自信もついただろう。自分から前に進もうという根性が強くなったはずだ。

当時スポーツの技能を高めるには体を酷使することが第一とされていた。精神を鍛えれば強くなると誰もが信じた。そして声をかけあって練習を強いた。「辛いことはいいことだ」というウラ側の論理が社会一般の風潮だった。体を壊すことと精神を壊すことの表側の論理は指導者たちにはなかった。このとき晶子の体には肉体を壊し精神をも壊していく下地がすでに敷かれていたように思う。たった3年間の体験なのに。

私を訪ねて東京へ

私は多摩美術大学グラフィックデザイン科へ進学した。学生運動が始まる少し前で政治や学校運営などへの不満が蔓延していた。いろいろあって5年間在籍したが2年生のまま中退した。目標が定まらず世田谷区上野毛の下宿でぶらぶら過ごしていた。そこへ中学校の同学年だといって晶子が訪ねてきた。さほど美人ではない顔つきに少しだけ記憶があった。服装と言葉遣いが富山丸出しで親しみを感じた。

翌日、小田急ロマンスカーに乗せて晶子を箱根の芦ノ湖へ案内した。幼少期から鉄ちゃんだった私は、あこがれていた私鉄特急の試乗を優先した。親からの仕送りが届いたばかりでもあった。

同棲そして結婚

　大学中退を親に隠し続ける私と、家出同然で押しかけた晶子はいつの間にか一緒に暮らし始めた。そのままでは恰好がつかないので仕方なく富山の両親のもとで結婚式を挙げた。そして東京に戻った。私は子どものころから好きでない女と結婚しようと決めていた。理由は思い出せない。なりゆきは不純だったかもしれないが、とりあえず一歩進んだ。このとき私は3月生まれの26歳、晶子は4月生まれの27歳、「一つ上の女房は金のわらじを履いてでも探せ」という昔からの言い習わしを晶子が教えてくれた。姉さん女房を気取って見せたが、晶子はうれしかったのだろう。

　自分たちで食べていかなければならない。私はカルダンのデザインと断裁技術を習得していたので本郷のテーラーに就職した。晶子は高校の後、服飾学校を出ていたので私の断裁した洋服生地を仮縫いすることになった。晶子は学んだことが活かされたが、私は目標の職業ではなかったので仕事に身が入らなかった。仕事が終わってもまっすぐ帰らず、少し前からやり始めたキャロムビリヤードにのめり込んだ。そのとき晶子のお腹には初めての子どもが宿っていた。毎晩0時を回っても帰らない私を晶子は窓をのぞいて待っていたらしい。あるとき夜遅くに帰ると晶子がいなかった。流産をして近所の人が病院に運んでくれたのだった。女の体の壊れ方が少し分かった気がした。

田舎に帰ることにした

その年の暮れのことである。空気の澄んだ田舎で晶子の健康を回復することが優先だが、私の自堕落な生き方も何とかしなければならなかった。弟と祖母を入れて家族は六人になった。最も喜んだのはおばあちゃんだった。大学中退後3年間も騙されながら仕送りを続けた父は、忘れたふりをして真っ赤なニッサンブルーバードの新車を買ってくれた。家族は賑やかで和やかだったのだが、初めて他人の家に入った晶子の気持ちは複雑以上だったようだ。しかし当時はそれが常識だった。

私の家は文化年間から１８０年続いていて私は八代目の長男、晶子の実家は代々大きな瓦工場を営む旧家だった。古い風習が残る双方の家の親戚づきあいを想像するだけで身の毛がよだった。

春祭りに晶子の家に行くと30人ほどの宴会が始まった。初めて見る若い婿殿には全員が次々と酒を注ぎに来る。返杯ができないのでおちょこが私の箱御膳からあふれた。晶子は自慢の亭主を親戚一同に見せびらかして満足の様子だった。

東京帰りの生意気ぼんぼん

富山のど田舎でもグラフィックデザイナーは引く手あまただった。私は手ごろな印刷会社の社員になって、営業プランナーから制作ディレクターまで存分な活動をした。都会帰りの新進デザイナーとしてテレビや新聞に報道されることもあった。サラリーマンのワイシャツが白と決まっていた時代に黄色とかピンクのワイシャツを着た。当時は「おはよう！」と言って女の子のお尻を触ることがユーモアとされていた。女の子も「キャッ」と喜んだ。今なら刑務所行きだ。

晶子は元気を取り戻していたが、毎日家にいる窮屈さと私の両親との折り合いで神経をすり減らしていた。希望通りの仕事にありついた私はそんなことには無頓着だった。再びキャロムビリヤードを始め、パチンコ、麻雀、赤ちょうちん、キャバレー、ピンクサロンと、「遊びは仕事の肥やし」という多摩美時代のスローガンを実践し始めた。

麻雀やビリヤードは0時を過ぎても終わらないのが当時のサラリーマンの通例だった。ビリヤードに熱中しすぎて夜が明け始めたので帰ろうとしてドアを開けると目の前に晶子が立っていた。家から10キロメートルも離れているのになぜ?と思った瞬間、オデコから顔の真ん中に3本の筋が走っていた。夜の交通機関がない中、真っ暗闇の田舎道を晶子は3時間ほど歩いたことになる。私は1か月ほど傷跡が取れないまま出勤した。

女四代が一つ屋根の下に

晶子に長男が生まれ数年して長女が生まれた。子育てに没頭しながら、子どもたちがおじいちゃんおばあちゃんと一緒という家族の雰囲気に慣れていったようだ。二人の子どもが育つ約10年の間に私たちは年に1～2回自動車旅行をした。どちらか一人を連れて5～7泊ののんびり旅行だった。

母が定年を待たずに小学校を退職した。父を校長にするためだったが、それが当時の夫婦教員の宿命であり常識だった。父は山奥の小学校へ赴任して家にはめったに帰らなくなった。他人だった三人の女たちと幼子の長女、働かない女四代が一つ屋根の下で暮らすことになった。想像を超える暮らしが始まるのかと思ったがそうはならなかった。

1年に亘る朝の連続テレビ小説「おしん」が放送された。四人そろって毎朝テレビにかじりついたようだ。半年ほどしたころ関東大震災に遭遇したおしんが東京から逃げて、佐賀の旦那の実家で暮らす場面が始まった。そこで壮絶な嫁いびりが毎日のように繰り返された。ほとんどの嫁いびり用語が登場し、視聴者は作者の橋田壽賀子に感服し、全国の嫁いびりが半減しただろう。我家にも嫁いびりは起きなかったようだ。母には我家で初の地方公務員としての自負があった。

信じた道に大穴が開いていた

私は仕事と遊びに精を出し朝帰りが多くなった。誰もが認める朝の遅刻の常習犯になっていた。仕事は順調に積み重なり担当売上を増やして新規開発も進んだ。入社から7年が過ぎて周囲に制作スタッフが育っていった。私の企画制作力を中心とした地方出版社を立ち上げることになった。私と社長が共同代表になって十数人の会社を設立した。近県には地方出版社がなかったので出版依頼が舞い込んだ。勢いに乗って自社企画の大型出版をスタートさせ、5年で完成にこぎつけた。売れ行きは順調だった。

制作に邁進した私だったが時すでに遅し、会社は3億円の負債を抱えて倒産した。数回行われた債権者会議で役員や周囲にそれぞれ数千万円の保証債務があることが分かった。私の負債総額は８０００万円で、その他に自宅を含む父名義の土地５００坪を担保に入れていた。社長自身には担保にするような財産がなかったことが分かった。会社が不渡りを出すことの事前連絡が私にも他の役員にもなかったことから悪質な計画倒産が読み取れた。債権者会議は私に再建会社の経営を要請したが断った。

５年前、社長は数人の若手社員に地方出版の夢を語った。有名な地方出版社を例に挙げ郷土の文化に貢献する意義を強調した。その裏には資産を持たない社長の悪意の蓄財計画が隠されていた。数人は純朴な制作意欲を餌にされて取締役になった。銀行に運転資金の借入を申し込むのは社長であり、それを保証するのが制作取締役という構図である。保証人それぞれの所有する土地が保証の裏付けになった。

負債総額３億円から想像するに、社長が隠匿した額は１億円を下らないはずである。その悪意は一家皆殺しに値するが、２億円近くを貸し付けた銀行サラリーマンも同罪であることを知ることになった。

職業名にない会社

数か月後、私は父が出してくれた３００万円を元手に六人の部下を連れて編集会社を設立した。１９８０年、二度の石油ショックを体験した日本経済は大型景気の時代に入ろうとしていた。

晶子は実家に私の応援を頼もうと思ったようだが私はそのことを持ち出さなかった。自分の夢の実現を優先して人を疑わなかった反省と男の意地がそうさせた。地方には滅多になく聞きなれない編集会社を初めに応援してくれたのは大学教授や文化人たちだった。会社は順調に売上を伸ばした。小さな短期の仕事が多かった。発注先が定まらない単発の仕事を永遠に探し続けることへの疑問がわき始めた。

市内の製薬会社から社史編集の依頼が来た。初めての長期の仕事だった。社長を取材しながら2年間の編集作業が終わってレイアウトに入ろうとしたとき、社長から「神田の古本屋に行って出来のいい社史を見てきなさい」といわれた。神田の古本屋にはサンプルになる小型の社史はなかったが、背厚が10センチもある大型の社史がたくさん並んでいた。人海戦術でできる仕事ではない。長期制作の大型の仕事を見て気持ちが揺れた。

戦後40年が経っていて静かな「社史ブーム」が起きていた。30周年40周年の会社の社長を訪ね歩いてみた。すんなりと5本の社史が受注できた。経営者同士の口コミ世界があることが分かった。テレビ局の20年史を制作しているとき、名門ゴルフ場の30年史の計画が耳に入った。オーナーである電力会社の社長に直接アプローチして受注がかなった。想像を超えた受注金額はその後10年間破られなかった。

社史制作集団をつくってみたい

向こう見ずの文学青年だけで立ち上げた小さな会社が快進撃を始めた。私の受注するほとんどが知名度の高い会社だった。当時の地方では電通の指揮下でＳＯＨＯと呼ばれる個人営業のクリエイティブスタッフが活動していた。私はその中の最優秀ＳＯＨＯを外注先に選ぶことができた。電通からも仕事が入るようになっていった。

ますます家に帰らなくなった私はこの頃の晶子の生活をほとんど思い出せない。ある日、制作中の『立山アルミ40年史』のことを晶子に話すと、社長の娘と専門学校の同級生で仲良しだったという。そのことから晶子との間に数年ぶりに共通の話題が生まれた。私は二人の子供を晶子と母に任せっきりにした。「俺の背中を見ていろ」とむしろ自分に言い聞かせた。

設立10周年が近づいて年間売上が2億円を超えることになった。県内の大きな企業にはほとんど声をかけた。全国を目指す道が見えてきた。社員の文学青年たちはつくることは楽しいけれど仕事をとりに行こうという気概がない。一人で始めた会社は一人で伸ばすしかない。単身で名古屋に出てオフィスをつくり東京と大阪をにらむことを決めた。

300年前、越中売薬たちは腰に脇差、背に柳行李という姿で峠道を越えて全国に散った。徳川幕府の隠密だった可能性が高い。その血脈が俺に流れていると得心した。

夫婦は離れ離れが理想かも

私は分社経営方式を立てて名古屋と大阪に分社を出した。家に帰らない生活が始まった。祖母が死んで父が退職すると晶子は私の両親との三人の生活になった。娘は高校生だが息子は関東方面にとんずらして行方知れず。連絡があるのは金をせびるときだけだった。教育者だった父は息子を放置する私に何かをいいたそうだったが私は受け付けなかった。そのことが父と毎日顔を会わせる晶子には負担だったようだ。

晶子は結婚から数年して私の彼女の存在に気づいていた。それを一言も口に出すことはなかった。旧家に育った晶子は男には別の女が必要であることをそれとなく知っていたのだと思う。私も常識として彼女とは深い関係にはならず数年で取り換えた。

晶子は好きな私と結婚したことと自分には帰る家がないことを自覚していた。私はそれをそれなりに受けとめていた。結婚して20年以上過ぎるとさまざまな出来事が夫婦のつながりを固めていく。それは愛ではなく絆でもなくあきらめでもない。好きでない女と結婚しようとした青年時代の考えが間違っていなかったように思う。しかし晶子の我慢強さが知らず知らずのうちに精神を壊していったのかもしれない。

私は中学の仲良し数人だけが親友だった。誰かが言い出して同学年会を立ち上げることになった。毎回100人近くが集合した。6クラス全部の先生が来ることもあった。同学年夫婦は私たちだけなので当然晶子を同伴した。酔っぱらいたちが「あっこちゃんを泣かせたら承知せんぞ」と口を揃えた。フレーフレーの応援エールと校歌で締めることが慣例になった。晶子は楽しみが増えてうれしそうだった。

東京から西日本へ

数年が過ぎて私は東京に進出し、市ヶ谷に分社を出した。翌年娘が東京の大学に進学した。晶子の気持ちを少しでも穏やかにしようと娘と新宿で2年間同居した。

電通と大手印刷会社2社からの受注が安定した。それをベースに直接受注を増やして年商を5億円まで引き上げることを計画した。西日本開拓をにらんで広島に分社を出すことにした。これまでは常に単身で開拓地に出たのだが今回は晶子を連れていくことにした。環境を変えてみようとしたのだが、晶子は準備と移転と広島での生活に体力を消耗した。

半年ほど経過して晶子の健康が回復するように見えた。私はこれまでのようながむしゃらな営業をやめて、ときどき晶子を同行して観光を兼ねてのんびりと活動した。四国一円の印刷会社にも多くアプローチした。高松の編プロに出資して分社を設立し、北九州へ向かおうとしたそのとき、大手出版社が「直ぐに東京に帰れ」といってきた。自費出版専門の子会社をつくるから社長になれという。私は北九州を現地スタッフに任せて東京に戻った。晶子は訳も分からず広島の生活を捨てて富山に帰った。

このとき私が主要都市に展開した分社は9社、全国各地に協力を要請した編集プロダクションは50社近くになっていた。その内の25社をネットワーク化して出版社内に個人出版の子会社を立てた。計画は順調に進展して全国に約１００人の個人出版の営業を動かした。出版社の知名度を得て全国の書店で個人出版相談会を開催した。

積み重なるうつ病誘発の出来事

私も晶子も60歳を超えた。父が死に数年して母が死んだ。息子が放浪生活に飽きて富山の実家に戻った。富山の家では晶子と息子の二人だけの生活になった。生真面目な晶子と放蕩息子は折り合わない。おまけに両方ともコミュニケーションが大の苦手である。晶子が家に帰ると流しのまな板に包丁が縦に突き刺さっている有様だった。娘が東京で結婚し孫娘が生まれた。晶子は富山と東京を往復するようになった。

３か月ほど東京にいて富山に戻った晶子を衝撃が襲った。桐箪笥２棹分の着物がそっくり消えていた。息子の仕業だった。嫁入り道具であり晶子の唯一の財産だった。娘や孫に着せようと楽しみにしていたものだ。晶子の失意は3か月ぐらい続いた。

私が息子を意図的に教育しないのは代々受け継がれてきた家風である。そのことを晶子は知っていた。だが晶子を元気づけなければならなかった。心を強くしたかった。若いころの晶子は国体に参加したスポーツ選手だ。私はショック療法も一つの方法だと考えた。晶子は両親が死んだ後の遺産相続の要請を迷っていた。それを躊躇せずに実行に移すことにした。

晶子の実家は瓦工場を廃業していたが母名義の土地がまだ残っていた。五人の姉妹たちは多くの土地を相続した七番目の長男に対して相続を放棄していた。それは旧家の習わしとしての暗黙のルールだった。私も晶子もそのつもりでいた。その後、私の事件が起こって新会社を設立したときに、膨大な土地を所有しながら協力意思を示さなかったことへの不信感があった。晶子は踏ん切りをつけて決意した。裁判を経て800坪の土地を相続した。晶子は勝手な行動で実家と姉妹を失った。それぞれの事情で変化してゆく親戚関係を強い意志で絶つことを知ったと思う。

強いはずの心がついに

晶子は若いころから商店街を散策するのが好きだった。少しだけの友達をつくるが深入りはしなかった。私の給料で十分に生活ができたので仕事をする気も起こさなかった。やることがない毎日が続いた。私と娘が東京に遠く離れていて、晶子は気持ちが通じない息子との二人暮らしだ。目的もなく市街に出かけるようになった。

何かやることを与えた方がいいと思って家を改装することにした。内装などを考えながら工事人にお茶を出す仕事をつくった。これが裏目に出てしまった。真面目さと我慢強さがうつ病という形に少しずつ積み重なっていたことを私も本人自身も気づいていなかった。工事人に気を遣ったことで過呼吸を発症してしまった。

晶子を直ぐに東京に移して私が付き添って精神科病院へ通った。過呼吸は1か月ほどで収まったが、医者はさらに治療が必要だという。私の家系にはうつ病がいなかったので、うつ病はぜいたく病だと教えられていた。

治療といって薬だけを与える精神科医に少しの疑問を感じたが、とりあえずいう通りにした。

大震災が晶子と孫を引き離した

私と晶子が国分寺に住んで2年ほどが過ぎた。うつ病の薬は晶子を一日15時間ぐらい眠らせた。テレビを見ることと自分の洗濯しかしなくなった。家の掃除や食事の段取りは私の役割になった。晶子は週一回のカラオケ教室以外はベッドの上の生活になった。

娘家族三人は高尾に住んでいた。晶子は孫娘と会うことが楽しみだった。２０１１年３月、東日本大震災が起こり福島原発でメルトダウンが発生して放射性物質が空に散った。私は『鉄腕アトム』を読んで育ったので何とも思わず、少しの放射能はかえって体を強くするぐらいに楽観的だった。娘が恐怖心をあらわにして西日本に逃げるといい出した。将来設計を含めて東京での生活に限界を感じていた。岡山県の農業家族支援をとりつけて和気町で長ナスの生産を始めた。晶子は孫たちと離れた。

娘家族を追って岡山へ

私は68歳になり70歳を目前にして退職を決めた。編集業のＩＴ化は世界を見わたしても一向に進んでいない。企業の社史制作意欲が停滞する風潮の中で、完成した「デジタルパラダイム事典社史」を展開するチャンスも訪れない。７年前に中断した西日本開拓を再度試みることにし、晶子と共に岡山県赤磐市に移転した。

晶子は再び孫や娘たちと会えるようになった。娘と孫が会いに来て一緒に食事をすることが多くなった。月一回病院に行くほかはベッドの上にいる時間がだんだん長くなっていった。周囲に写真や孫の書いた絵をたくさん並べた。テレビを見ながら食事をする以外はほとんど眠り続けた。その内廊下を歩けなくなりトイレにも行けなくなった。入院して大腸を半分切除した。退院と同時に要介護４を取得して娘家族の近くにある老人ホームに入った。そこでも眠り続け、半年後の２０１９年11月12日、76歳の生涯を終えた。

10年前、うつ病の診断をした精神科医は薬を与えただけだった。その後移転に伴って3回精神科医が変わったが薬を与えるだけだった。10年間も眠り続ければ体を壊すのは当然だ。回復の方針を示さない精神科医はいなくてもいい。いや、いない方がいい。患者の信頼を裏切る医者は10年という歳月が経ってみないと分からない。そのときはすでに遅い。

晶子の一生には良いことがたくさんあって悪いことはあまりなかった。いい家に生まれて姉妹たちと楽しい青春を過ごした。六人姉妹の三女という立場がスポーツを通じて心の解放を引き出し、親を捨てて押し掛け女房を決行した。結婚生活はちょうど50年、無理なことは全くしない普通過ぎる一生だった。自分が楽しむために私には何でも従った。私は晶子には相談することなく好き放題に仕事をした。そしてたくさん遊んだ。50年連れ添って晶子の涙を一度も見たことがなかった。

はみ出し付録

文才と筆力

私は小学生のとき国語と作文と漢字を覚えることが大嫌いだった。中学も高校も国語が嫌いなまま押し通した。社会人になっても35歳ぐらいまで手紙を書いた記憶がない。そんな私があるきっかけから編集者になって、人の文章を手直しする仕事を50年も続けた。

文章が上手くなるにはどうしたらいいかをときどき聞かれる。直ぐに上手くなるような手品はない。長い時間をかけてたくさんの人生経験を積めば自然に上手くなる。常識に疑問を持たない人はダメ。安全な道を選んで歩く人はダメ。かばんにイヤホーンが入っている人はダメ。電車でブラインドを下ろす人はダメと答える。

繰り返すと常識に疑問を持つ人は考える人である。安全でない道を歩く人は危険を知っている。かばんにイヤホーンを入れない人は雑踏を楽しむ感性がある。電車でブラインドを下ろさない人は景色を言葉に変えることができる。

私の体験から文章の下手な人と上手い人の例を示す。私が人の文章を手直しするとき最も手間がかかる人から順に挙げる。

文章が最も下手な人は大学教授である。わざと難しい言葉をたくさん遣う。一つのことを説明するのに長々と理屈をこねるので読むほどに分からなくなる。頭の悪い人は読者の対象に入っていない。

次に下手なのが新聞記者である。型にはまったスピード文の文体が体にしみついている。手っ取り早く調査などをするが慎重さに欠ける。文章に深みがなく雰囲気を醸し出すことができない。

その次に下手なのがコピーライターである。真面目な長文が書けない。雰囲気や情景はそこそこだが具体性に欠けて読者を煙に巻く習性がある。

彼らは文字で文章を書かずに文字で絵を描く人種である。彼らは元々文章が下手くそなのだ。コピーライターはＡＩが代行できる。

最も文章が上手いのは企業のトップを体験した人である。言葉を無理に飾らず明解で説得力が抜群である。結論に到達する道順をよく知っている。どんなに年齢を重ねてもセンスが衰えない。原稿に手を入れやすい。

文才というものは存在しないが筆力は上達する。上達するには上手な文章をたくさん読むことが大切である。もっと大切なのは下手な文章をたくさん読むことである。さらにいうなら子どもたちの文章から大人が知らない感性を学ぶことである。

いい文章には形容詞が少ない。例えば「美しい」という形容詞を遣うとき、なぜ美しいのか、どのように美しいのかを具体的に記述すれば、おのずと「美しい」の語がいらなくなる。それに続く感想や感情を入れないことも大切である。「……は非常に美しかった。私はものすごく感動した」などはバッカみたいな文章である。

蛇足だが盛り上げ語を遣わないのも文章をよくするテクニックである。よく遣われる「～なのである」これは1万字以内に一つぐらいはあってもいい。「枚挙にいとまがない」などという勝手な感想語は下手の典型である。文章の下手な人は、接続詞をやたら多く遣う。「そして」「しかし」「また」「さらに」これらは書いている自分が納得するためのもので、読む人にはじゃまなものである。

※

私は「句読点不要論」を主張するために、その手法の構築を模索している。日本の文章は『古事記』以来１３００年の歴史がある。今日まで表記の方法がいろいろと変化してきた。明治時代に入っても文章は学識がある人だけのものだったので表記の方法は決まらなかった。文と文を改行することはあってもほとんどの文章は繫がったままだった。

活字が開発され活版印刷が進化すると字間行間などが安定した。文章を読みやすくするために「。」を句点「、」を読点、合わせて句読点と呼んだ。

欧文から感嘆符「！」疑問符「？」などを取り入れた。これらの使い方が示されたことは現在まで一度もない。なんとなく国民に浸透してきた。

ＩＴの時代になりアメリカが先頭に立ってＤＴＰ組版を進めたが、日本語がツーバイト文字だったため、実用化のレベルが30年遅れをとり、最近やっと同列に並んだ。ひと固まりの文章、字下げまでの一段落、「。」までの文、「、」を含む文節が字間行間とともに自在に表記できるようになった。

この機会に今の文章から句読点を外してはどうだろうか。「、」を「　」スペース１個、「。」を「　　」スペース２個とすれば読みやすいと思う。１０００年以上続いた日本古来の形式に戻して、そこから新たな日本語の表記をつくり直すのはどうだろうか。段階的に同好者だけが推進して、小学生にはしばらくこれまで通りがいいと思う。

原稿リファイン　安藤美根子

あとがき

出版の前にこの本の原稿を信頼できる友人約10人に試読してもらった。私のいい方が下劣だとか反社会的だとか、これまでいい人とだけ付き合ってきたので散々な評価であった。みんなはどうしてそんなに正しいことにこだわるのだろうか。

やってはいけないことは法律で定めている。それをやる人がいるからだ。酔っぱらい運転はやってはいけない。やったことがある人はかなり多い。万引きはやってはいけない。やったことがある人はかなり多い。いじめはやってはいけない。ほとんどの人はいじめをやったことがある。

いっていいことと悪いことがある。どこまでが悪いことなのかはいってみなければ分からない。表現の自由という。表現の不自由というやつが現れた。それをちゃんと区別できるやつはどこにもいない。それを議論することに何の意味もない。非難せずにぼやくのがいい。それがぼやきの本流だ。自分が死んだらこの世は消える。どうしてそんなに自分をいい子にしたがるのだ。思いっきりぼやけ。

「浜の真砂は尽きるとも、世にボヤキの種は尽きまじ」人生幸朗

１９７０年代に「ぼやき漫才」として大活躍をした吉本興行の夫婦漫才コンビがいた。人生幸朗と生恵幸子である。歌謡曲や世相などにとんちんかんな難癖をつけ、「責任者出てこい！」の決めゼリフを吐いて人気を上げ一世を風靡した。その後約半世紀の間「ぼやき」の流行はない。

帝国主義から資本主義と社会主義が生まれ、世界は脱資本主義、脱社会主義の時代に向かっている。続巻ではそれをぼやいてみたい。

著者自己紹介

1944年3月31日生　長男
森口家八代目　血液型A型
少年時のハンディ：扁平足、逆上がり不可、
　水泳不可、ボールキャッチ不得意
生涯職：年史ディレクター
仕事の次：キャロムビリヤード
ごはんより：酒
家族より：仕事
後ろだて：貧乏神
モットー：がんばらない
嫌いな言葉：一期一会

著者住居遍歴

１９４４年	０歳	富山市呉羽町
１９６３	18	東京都世田谷区
１９６９	25	富山市北代
１９８９	45	名古屋市千種区
１９９６	52	東京都新宿区
１９９８	54	東京都中央区
２００４	60	広島市東区
２００５	61	東京都武蔵野市
２００６	62	東京都国分寺市
２０１５	71	岡山県赤磐市

へそまがりのぼやき

2020年6月11日　初版発行

著者　　　森口　博
校正協力　森こと美
発行者　　千葉慎也

発行所　　アメージング出版（合同会社 AmazingAdventure）
（東京本社）　〒103-0027　東京都中央区日本橋 3-2-14
新槇町ビル別館第一 2 階
（発行所）〒512-8046 三重県四日市市あかつき台 1-2-108
電話　050-3575-2199
E-mail info@amazing-adventure.net
発売元　　星雲社（共同出版社・流通責任出版社）
〒112-0005 東京都文京区水道 1-3-30
電話　03-3868-3275
印刷・製本　シナノ書籍印刷

ISBN978-4-434-27551-7　C0095

ぼやき本を出版しませんか。私がお手伝いをします。

ぼやき本は自分史そのものです。今から10年ほど前に自分史のブームがピークを迎えたことがあります。しかし売れない本を書店が並べないので直ぐに下火になりました。自分史を周囲の人に配っても誰も読みません。孫さえも読んでくれません。

内容の表現が正しすぎるから魅力がないのです。平和な時代が長く続き、科学が進歩したため、人としての業績が目立たなくなってしまいました。マスコミや出版社も正しいことを理念として活動してきました。テレビのコメンテーターたちはいまだに正義をふりかざします。皆さん、ぼやき本で世の中をもう少し明るくしませんか。

人生編／正しいことにこだわる人生を少し変えてみませんか。ご近所さん、家族、親戚、友人など、こんなはずではなかったのに！　ストレスをぼやきで吹っ飛ばそう。

職業編／モンスターペアレンツへの対応、教育委員会の不適切、さわやかに乗り切るアイディア集。威張る上司、横暴クライアント、召使同然の待遇にもめげず、明日を明るくする物語。マイナー職場がメジャー職場を下支え、それでもこうして楽しくやっている。

スポーツ編／こんなにやっているのに何故？　俺に光が当たるのはいつなのだ。二番がいるから一番があるのに……。運動とスポーツを区別できないマスコミ、頑張るだけが能ではない！

飲み屋編／常連客の口癖ぼやき集。人気ママのとっておきのぼやき集。屋台の親父の知恵話。

サークル編／ぼやいてみれば新たな発見が！　リーダーシップを発揮できないはがゆさを、ぼやけば共感が生まれるはず。

お気軽にご相談ください　moriguchi@sky.megaegg.ne.jp